KB148099

삶 을
바꾸는
기 술

책이 인생을 바꾼다

삶을 바꾸는 기술

초판인쇄	2017년 7월 13일
초판발행	2017년 7월 20일
지은이	류한윤
발행인	조현수
펴낸곳	도서출판 더로드
마케팅	최관호 최문순 신성웅
편집교열	맹인남
디자인 디렉터	오종국 Design CREO
일러스트	서설미
ADD	경기도 고양시 일산동구 백석2동 1301-2 넥스빌오피스텔 704호
전화	031-925-5366~7
팩스	031-925-5368
이메일	provence70@naver.com
등록번호	제2015-000135호
등록	2015년 06월 18일
ISBN	979-11-87340-39-3-03810

정가 15,000원

파본은 구입처나 본사에서 교환해드립니다.

삶을 바꾸는 기술

책이 인생을 바꾼다

류한윤 지음

도서출판 더로드
The Road Books

Prologue | **프롤로그**

“변화는 독서에서 시작된다”

나는 강렬한 태양이 좋다.
그리고 땀을 흘리는 것을 즐긴다. 내 인생의 태양은 사고이후에 더 강렬해지고 있다.
이 책이 많은 사람들에게 꿈과 행복을 전해주기를 희망한다.

대학을 졸업하고 의류무역회사에서 약 20년간 근무했다. 2015년이 마무리 되어가던 겨울 불의의 낙상사고를 당했다. 뇌출혈과 흉추 완전 파열이라는 진단을 받았고 6시간이 넘는 긴 수술 끝에 파열된 흉추를 핀으로 고정했다. 다행이도 하반신 마비는 피할 수 있었지만 예기치 못한 사건으로 인해 큰 충격을 받았다.

수술이후 약 한 달간의 병원 생활과 퇴원하고서도 두 달간 누워서 지내야 했다. 그 기간 동안 내가 정상으로 회복하기 위해 큰 힘이 되었던 것은 책이었다. 책은 이전에도 꾸준히 읽어 왔지만 이때 읽은 책들은 회복탄력성을 발휘하게 해줬다. 몰입해서 책을 읽었고 책에서 말하는 메시지들을 하나라도 실천해 보려고 노력했다. 그러한 것들이 모여

누적되면서 그 누구도 예상하지 못할 정도로 빠르게 정상을 회복했다. 아마추어 마라토너이기도 한 나는 사고이후 다시 달리지 못함을 매우 뼈아프게 생각했다. 하지만 책으로 놀라운 속도로 부상에서 회복한 나는 달리기 또한 애초에 2년 후 쯤에나 가능하리라 생각했지만 이른 시일에 다시 달릴 수 있게 됐다. 독서와 달리기는 내 삶에서 떼려야 뗄 수 없는 것이 됐다. 지금은 매일매일 새벽 형 인간으로 독서와 달리기를 하고 있다.

책을 읽으며 많은 변화를 겪고 명확한 삶의 방향을 잡았다. 책으로 자신이 변해가는 모습을 바라보며 진정한 책의 유익함을 깨달았다. 계속해서 변화하며 발전해 가는 자신의 모습을 보면서 나의 깨달음을 알려야겠다고 생각했다. 책으로 얻을 수 있는 것들에 대해서 사람들에게 전하기 위해서는 책을 쓰는 것이 답이라는 생각에 이르러 지금 이 책을 썼다.

우리나라의 독서율은 갈수록 떨어지고 있다. 많은 매체에서 독서의 중요성을 알리고 있지만 현실은 반대로 가고 있어서 안타깝다. 어릴 적부터 책을 읽는 습관을 기르는 것이 가장 중요하기도 하지만 부모가 먼저 솔선수범으로 책 읽는 모습을 아이들에게 보여줘야 한다고 생각한다. 단지 그 뿐만이 아니다. 성인인 부모도 책으로 얻는 것은 무수히 많다. 아무리 좋은 것도 스스로가 하지 않는다면 얻는 것은 없다. 가령 인생을 바꿔줄 책이 있다 하더라도 읽지 않는다면, 읽고서도 행동하지 않는다면 그 책은 가치가 없는 것이다. 이런 현실에서 나의 깨달음을 담은 이 책이 독자들 인생의 터닝 포인트가 되었으면 한다. 그리고 독서하는 사람이 늘어나게 하는 것에 보탬이 되었으면 한다.

나 역시 예전부터 독서하던 사람은 아니었다. 누구나가 그렇듯이 책을 읽어야겠다고 생각만 늘 했다. 조금씩 읽는 책의 양을 늘려가던 와중에 사고를 만났다. 돌이킬 수 없는 큰 사고였지만 그 시련을 부정적으로 보지 않았다. 나는 시련을 계기로 너무나도 많이 바뀌었다. 독서의 중요성은 두말 할 필요도 없다. 삶을 바라보는 태도가 바뀌었다. 세상은 내가 어떻게 바라보느냐에 따라 다르다. 책에서 삶을 대하는 자세, 바라보는 마음들을 배웠다. 그리고 한 순간이라도 그런 태도를 잊지 않으려 노력한다. 결국 시련은 더 나은 미래를 위해 나에게 주어진 선물이었다. 선물을 받았으니 어찌 감사하지 아니하겠는가? 이런 나의 모습에 나를 알던 사람도 바뀐 내 모습에 놀란다.

남편의 큰 사고로 엄청나게 충격을 받았을 아내가 오히려 빠른 회복이 되도록 해줬다. 아내의 그런 보살핌이 없었다면 정상 생활을 하기까지는 더 많은 시간이 필요했을 지도 모른다. 항상 옆에서 응원해주는 아내 혜경이에게 감사하다. 그리고 바르게 커가는 현욱이와 연경이도 내 삶의 동행자여서 행복하다.

여름이 다가오고 있다. 이번 여름도 무척 덥다고 한다. 나는 강렬한 태양이 좋다. 그리고 땀을 흘리는 것을 즐긴다. 내 인생의 태양은 사고 이후에 더 강렬해지고 있다. 이 책이 많은 사람들에게 꿈과 행복을 전해주기를 희망한다.

2017년 7월 여름의 문턱에서

저자 류한윤

Contents | **목 차**

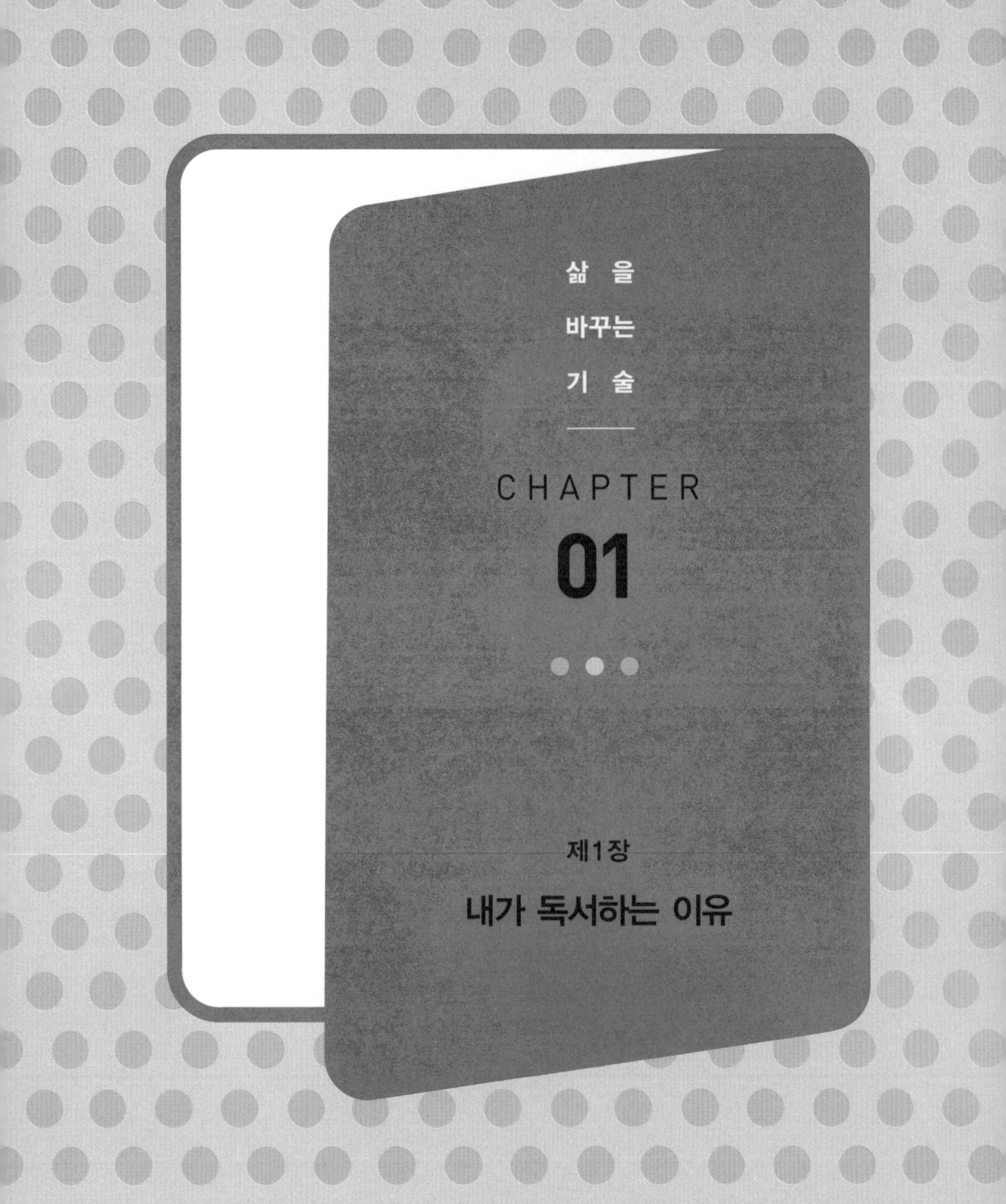

삶을 바꾸는 기술

CHAPTER

01

제1장

내가 독서하는 이유

01

삶이 다시 주어지다

"내 인생은 다시 주어진 삶이다. 죽을 뻔했던 사건을 계기로
더 주체적인 인생을 살아야겠다고 결심했다.
항상 감사한 마음으로 건강하게 몸을 만들면서 베푸는 삶을 지향하기로 했다."

"류한윤 씨, 정신 차려 보세요."

"……"

"MRI 검사를 해야 합니다, 정신 차려 보세요."

귓전에 계속 울리는 소리에 눈을 떴다. 희미하게 눈앞에 펼쳐지는 영상이 매우 낯설었다. 집에서 눈을 뜨며 늘 봐왔던 모습과는 전혀 달랐다. 천장이 매우 높고, 주변이 시끌시끌했다. 이송용 침대에 누워 있었다. 간밤에 버스에서 잠이 들었고, 차고지까지 갔던 기억이 났다. 또렷하게 기억이 나진 않았지만 어둡고 낯선 길에서 출구를 찾다가 어딘가에 떨어졌던 것 같았다.

입에는 산소호흡기가 끼워져 있었다. 이 낯선 곳에, 내가 왜 여기에 이런 모습으로 누워 있을까? 의식이 조금씩 돌아오고 있지만 머리가 너무 아팠다. 게다가 등인지 허리인지 누가 일부러 꺾어 놓은 것처럼 움직일 수가 없었다. 뇌출혈이 있다고 했다. 그래서 새벽에 CT 검사를 했었고 더 정확한 진단을 위해서 MRI 검사를 하려는 상황이었다. 머리가 너무 지끈지끈 아팠다.

검사를 마치고 내가 돌아온 곳은 또 다른 낯선 곳이었다. 일반 병실이 아니었고, 응급실도 아니었다. 중환자실이었다. 조금씩 정신을 차리면서 주변을 둘러보니 나이가 많이 드신 분들이 많았다. 나중에 알게 되었지만 내가 실려 왔던 곳은 노인요양병원에 준하는 병원이었다. 정신이 멀쩡한 분보다 대화가 안 될 정도로 좋지 않은 분들이 더 많아 보였다. 모든 것이 낯설었다. 입에는 산소호흡기가, 손과 가슴에는 그 밖의 것들이 치렁치렁 부착되어 있었다. 이 모든 상황을 파악하는 걸 보니 뇌출혈이 있다지만 크게 문제는 없는 것이 아닐까라고 생각했다.

좌우로 움직일 수 없을 정도로 등에서 전해오는 고통이 오히려 내가 살아 있음을 느끼게 해주고 있었다. 하지만 간호사나 담당의사도 흉추가 완전 파열된 것은 모르고 있었다. 내가 등의 통증에 대해 계속해서 고통을 호소하고 나서야 검사를 했다. 엑스레이 결과 흉추 8번이 방출성 완전파열이 되었고 몇 군데 더 금이 가 있는 상태였다. 뇌출혈은 일단 지켜보자고 한다. 흉추 파열된 곳은 당장이라도 수술이 필요하다고 했다.

중환자실이기에 면회도 하루 두 차례밖에 되지 않았다. 몸은 심한 부상으로 온전치 못한 상태였지만 시간이 지나면서 머리 쪽의 통증은 좋아졌다. 내가 할 수 있는 것은 자는 것밖에 없었다. 그러면서 생각을 할 수 있었다. 지나간 일들이 주마등처럼 지나갔다. 그 날을 반추해보며 조금 더 주의 깊지 못한 자신을 자책했다. 그렇다고 한들 골절된 뼈를 원래대로 되돌릴 수도 없다. 충격으로 머리 안쪽에서 상처가 나고 출혈된 것 또한 어쩔 수가 없다.

이런 저런 생각을 하는 와중에 책에서 읽었던 한 구절이 떠올랐다. '100년을 써야 할지도 모른다! 몸을 아껴라.' '그래, 이 소중한 몸을 제대로 간수하지 못해 이런 꼴을 만들다니.' 라고 생각했다. 병은 쾌락의 이자라고 한다. 어쩌면 이번 사고도 주의 깊지 못했던 나에게 처벌이라기보다는 항상 주의 깊게 살아야 한다는 깨달음을 이자로 주었다.

독서는 항상 새해를 시작하면서 실천 계획 속에 있었다. 안중근 의사의 '하루라도 책을 읽지 않으면 입 안에 가시가 돋는다.' 는 그 느낌을 알고 싶었고 그렇게 되고 싶었는지도 모른다. 몇 년 전부터 연초 계획 중 한 달에 한 권씩 읽는 목표가 있었다. 몇 달에 걸쳐서 겨우 한 권을 읽거나 그 마저도 잘 되지 않았다. 그렇더라도 독서에 대한 욕구는 계속 놓치지 않고 유지했다. 그만큼 책을 읽는 습관을 갖고 싶었고, 성공한 자들이 모두 독서가였다는 것을 알기에 어쩌면 성공을 위해서라도 책을 읽어야겠다고 생각했다. 다행히도 2014년부터 조금씩 습관화되어가면서 읽는 양이 늘어가고 있었다. 그렇게 읽었던 책들은 병실에 누워 있는 내게 희망을 갖고 하루하루 버티는 힘을 줬다.

그간 건강의 중요성을 소중하게 생각하며 식습관도 관리하고 꾸준히 운동도 해왔다. 하지만 한 번의 실수로 나의 몸을 망쳐 버렸다. 이런 생각에 이르니 더욱 자신을 자책하게 했다. 헨리 데이빗 소로우의 《월든》에 이런 말이 나온다.

"건강과 성공은 아무리 멀리 떨어져 있고 고립되어 있더라도 나에게 유익함을 가져온다."

그렇다. 모든 사람들이 건강과 성공에 대한 중요성을 알고 있고 동경한다. 하지만 건강과 성공을 위해서 얼마나 행동하고 실천하는지를 살펴보면 절실함이라곤 찾아보기가 어렵다. 어쩌면 꿈과 희망도 없이 오늘을 살아가고 있다. 게다가 식생활 개선이나 운동을 하지도 않으면서 건강한 삶을 꿈꾼다. 그냥 주어지는 것은 아무것도 없다. 대가가 있어야 한다. 책에서 발견하는 저자의 메시지나 깨달음 또한 마찬가지다. 읽는 것에서 그치면 안 된다. 우리 삶에 적용하고 행동해야 작게나

마 인생이 변해갈 수 있기 때문이다.

여섯 시간이 넘는 수술을 성공적으로 마치고 전신마취에서 깨어나 통증에서 어느 정도 회복되기까지는 며칠이 걸렸다. 극심한 통증으로 나도 모르게 입에서는 신음소리가 새어 나왔다. 침대 옆의 난간을 붙잡고 이 또한 지나가리라는 생각으로 고통을 참아내야 했다. 회복이 되어가는 동안 참 많은 생각들을 했다.

뇌출혈은 수술을 하지 않고 경과를 지켜보자고 했다. 흉추에는 여섯 개의 핀으로 고정하는 수술이었다. 엑스레이를 볼 때마다 담당의사는 웃으면서 얘기했다.

"정말 운이 좋으셨어요. 부러진 뼛조각이 척수를 1밀리 차이로 건들지 않았어요. 척수를 건드렸다면 그 이하는 모두 마비가 올 가능성이 매우 크거든요."

그 얘기를 듣는 순간 아찔했다. '마비라니……' 이후에도 검진을 갈 때마다 담당의사는 같은 얘기를 했다. 그만큼 운 좋게도 아슬아슬하게 척수를 피했었다는 방증이기도 하다.

내 인생은 다시 주어진 인생이다. 죽을 뻔했던 이 사건을 계기로 앞으로의 삶에 대해서 생각해봤다. 내 삶을 더 주체적으로 인생을 살아야겠다고 결심했다. 한 순간도 헛되이 보내지 않고 항상 감사한 마음으로 살며 건강하게 몸을 잘 만들고 지켜나가기로 했다. 사랑하는 가족과 아이들을 위해서라도 그렇게 해야 함을 절실히 느꼈다. 그리고 베푸는 삶을 지향하기로 했다.

통증이 어느 정도 가라앉고, 혼자서 자유롭게는 아니지만 누워서 움직이는 정도가 되면서 다시 책을 읽기 시작했다. 깊은 생각을 하면서 읽었다. 새로 시작한다는 마음으로 모든 것을 새롭게 해야 한다고 느꼈다. 부정적인 생각을 몰아내고 더 먼 미래를 내다보는 마음으로 책을 읽어 나갔다. 내 꿈을 찾아야 했고 그 꿈을 위해 씨앗을 심어야 했다. 미래를 바꾸는 방법은 생각을 바꾸는 것이다. 책 속에서 할 수 있다는 의지와 긍정적인 생각의 씨앗을 찾아서 내면에 싹이 틀 수 있는 환경을 만들어 나갔다. 내가 읽는 한 페이지 한 페이지가 소중했다. 책은 병실에서 내게 위로가 되기도 했고, 미래를 설계하도록 했다. 그리고 결코 포기하지 않고 일어설 힘이 되었다.

책 속에는 많은 깨달음이 있다. 그 깨달음은 자신의 삶을 돌아보게 하며 자양분이 되었다. 책을 읽으면서 조금씩 변해가고 있었던 자신을 병원에서 발견할 수 있었다. 삶을 진실되게 바라보며 긍정적인 시선으로 지난 일을 반성하고 다가올 시간을 계획하도록 했다. 이렇게 작은 변화를 만들어 가게 하는 것이 내가 책을 읽는 가장 중요한 이유다.

병원에서 다시 책을 읽기 시작하면서 진정으로 내가 책을 읽어야 하는 이유를 알게 됐다. 그리고 어떤 책들을 읽어야 하는지, 책을 읽고 어떻게 해야 하는지 나만의 기준도 만들어졌다. 내가 책을 읽는 확실한 이유는 책 속에 꿈이 있고 미래가 있다는 것이다. 게다가 언제나 조언을 해주고 아픔에서 회복하도록 도와주는 친구다. 꾸준한 독서는 미래의 큰 성공과도 이어질 것이라고 굳게 믿는다.

02

책에서 얻는 것들

"미래에 대한 걱정만 하지 말고 지금 이 순간에
집중하면서 하루를 책과 함께 시작해보자. 이것이 삶에 대한 공부인 동시에
새로운 꿈을 향해 나아가는 첫날이 되리라고 본다."

책을 읽으면 어떤 이득이 있을까?

우리나라 성인의 독서율은 갈수록 떨어지고 있는 추세다. 문화체육관광부가 실시한 '국민독서실태 조사'에 따르면 우리나라 성인 독서율은 1999년 77.8%에서 2015년 65.8%까지 떨어졌다. 또한 성인 연간 독서량은 9.1권에 불과하고 성인 열 명 가운데 세 명 이상이 1년에 책 한 권도 읽지 않는다고 한다. 국회 정무위원회 소속 김영주 의원은 올 초에 "독서율 하락은 출판업 위기를 가져오고 이는 다시 국민 독서율을 하락시키는 악순환을 초래한다."고 지적하며 독서문화를 장려하기 위해서 도서구입비에 대한 세액공제 혜택을 주는 방안을 추진하고 있

다고 한다.

취미를 묻는 질문에 가장 많은 대답은 독서, 음악감상, 영화감상 등이 차지하고 있다. 사람들은 책을 읽는 것이 자기계발의 시작이고, 책을 통해 우리가 접할 수 없는 많은 정보들을 얻을 수 있다는 것을 알고 있다. 그럼에도 독서가 습관화되지 않는 이유가 무엇인지 생각해보았다.

첫째, 시간이 없다는 이유다. 하루 24시간을 보내는 동안에 독서를 위한 시간은 얼마든지 만들어낼 수 있다. 일상생활과 업무로 보내기에도 하루가 빠듯하고 바쁘다고 하지만, 이는 핑계에 지나지 않는다. 회사에 출, 퇴근하는 시간에 버스나 지하철에서 스마트폰을 보는 시간만 활용해도 이삼십 분은 책을 읽을 수가 있다. 회사에 도착해서 업무가 시작되기 전 10분을 활용할 수도 있다. 점심식사를 하고 남는 시간 또한 독서를 할 수 있는 시간이다. 아침에 10분만 먼저 일어나서 책을 읽어도 되고, 자기 전에 10분 정도는 누구라도 독서에 투자할 수 있다. 하루 10분이면 한 달에 책 한 권은 충분히 읽고도 남는 시간이다.

둘째, 어떤 책을 읽어야 할지 모른다. 많은 책들 중에서 나에게 맞는 책을 고르기란 매우 어렵다. 사람마다 좋아하는 장르도 다르다. 하지만 무엇이든 시작하지 않으면 절대 실행되지 않는다. 일단 서점에 가서 눈에 들어오는 책 한 권을 집어 들고 읽기 시작하면 된다. 만약 그 책이 본인과 맞지 않는다면 다른 책을 읽는 쪽으로 방향을 바꾸기를 바란다. 계속해서 이런 시도를 하다보면 자신과 맞는 책을 만나게 된다. 모든 베스트셀러가 반드시 좋은 책은 아니지만 베스트셀러 책을 먼저 접해보는 것도 좋다. 책에 대한 흥미를 불러일으키고 친해지기 좋은 방법이다.

셋째, 어떻게 읽어야 할지 모른다. 책을 읽는 방법은 다양하게 제시되고 있지만 정해진 해답은 없다. 대부분 처음에는 정독을 하게 된다. 그렇게 읽어 가는 책들이 누적되면 자신만의 방법이 생기기도 한다. 100권 이상을 읽게 되면 속독도 자연스레 가능해진다. 그리고 책을 읽는 목적에 따라 읽을 수도 있다. 필요한 부분만 읽는다든지 목차에서 눈에 들어오는 부분을 먼저 읽어도 된다. 독서도 역시 실행만이 답이다. 일단 책 읽기를 시작하는 것이 가장 중요하다.

다니던 회사에 강 과장이라고 있었다. 가끔씩 출근하면서 마주칠 때마다 그녀의 손에는 항상 책이 쥐어져 있었다. 당시 별로 책을 많이 읽지 못했기에 물어 봤었다. "강 과장, 책을 많이 읽나봐? 어떤 종류의 책을 읽어?" 그러면 그녀의 대답은 "서점에 자주 가요. 갈 때마다 눈에 들어오는 책들을 여러 권 사서 옵니다." 자세하게 물어보지는 않았지만 그녀는 한 달에 꽤 많은 양의 독서를 하고 있음이 분명했다. 중요한 것은 독서라는 취미를 계속해서 유지하는 것이고, 읽는 책 속에서 나름의 배움을 가져가고 있기에 가능하리라고 생각했다. 책을 늘 함께 하는 모습을 보면서 책을 읽어야겠다고 여러 번 다짐을 했었다.

우리는 배우지 않고 세상을 살아갈 수 없다. 어려서 글을 배우면서부터 책을 만나게 된다. 학교에서는 교과서라는 형태의 책을 통해 지식과 정보를 얻는다. 이처럼 책은 모든 배움의 시작이었다. 책을 읽으면 다양한 형태의 세계와 내가 겪어보지 못했던 것들을 저자의 경험을 통해 공유하게 되고, 그 깨달음을 자신의 삶에 녹여서 적용시킬 수도 있다.

작년에 돈 미겔 루이스의 《네 가지 약속》을 읽고 저자가 얘기하는 네 가지를 자신과 약속하고 지키기로 했다. 큰 글씨로 써서 거실 벽에 부착해놓고 눈에 보일 때마다 되새기고 다짐하며 지키려는 생활을 하고 있다. 책에서 제시하는 네 가지는 아래와 같다.

첫 번째 약속은 '말로 죄를 짓지 마라' 이다. 이는 가장 중요하면서도 가장 지키기 어려운 약속일지도 모른다. 하지만 말은 힘을 가지고 있고, 자신을 표현하고, 다른 사람들과 소통하는 중요한 역할을 한다. 우리 속담에 '말 한마디로 천 냥 빚을 갚는다.' 는 말이 있듯이 말은 그만큼 중요하다. 말로 아름다운 꿈을 꿀 수도 있고, 우리 주변의 모든 것을 파괴할 수도 있다. 말을 함부로 해서는 안 되는 이유이기도 하다.

두 번째 약속은 '어떤 것도 자신의 문제로 받아들이지 마라.' 이다. 자신이 어떤 사람인지는 자신이 가장 잘 안다. 그렇기에 굳이 남들이 하는 말에 신경을 쓸 필요가 없다. 다른 사람들이 무슨 생각을 하고 어떻게 느끼든 그것은 그들의 문제이기 때문에 내 문제로 받아들일 필요가 없다. 올바른 선택을 하기 위해서는 자기 자신을 신뢰하는 것이 훨씬 중요하다.

세 번째 약속은 '추측하지 마라' 이다. 우리는 세상을 살아가면서 보고 싶은 것만 보고, 듣고 싶은 것만 듣는다. 사람들이 무슨 말을 하면 우리는 온갖 추측을 한다. 제멋대로 추측하기보다는 명쾌한 질문을 통해서 본질을 제대로 파악하는 것이 중요하지 않을까. 의사소통만 제대로 해도 대부분의 인간관계에서 비롯되는 문제는 저절로 해결되리라고 생각한다.

네 번째 약속은 '항상 최선을 다하라' 이다. 무슨 일이든 최선을 다하고 나면 결과에 상관없이 행복하다. 후회란 것이 남지 않기 때문이다. 최선을 다한다는 것은 행동으로 옮긴다는 의미인데 이는 보상을 바라는 것이 아니라 마음에서 우러나와야 하는 것이다. 우리가 하는 일을 좋아하고 항상 최선을 다한다면 진정으로 즐기는 삶을 누릴 수 있게 될 것이다.

어떤 일이든 문제를 인식하는 것이 가장 중요한 포인트이고 기본이다. 문제가 무엇인지 깨닫지 못한다면 아무것도 변화시킬 수가 없기 때문이다. 개선 또한 불가능하다. 책을 읽으면서 자신의 삶의 문제를 깨닫게 된다. 그리고 변화하기 위해 필요한 정보들도 책에서 배울 수 있다. 미래에 대한 걱정만 하지 말고 지금 이 순간에 집중하면서 하루를 책과 함께 시작해보자. 이것이 삶에 대한 공부인 동시에 새로운 꿈을 향해 나아가는 첫날이 되리라고 본다.

03

작가의 경험을 통해 배울 수 있다

"책에서 얻은 저자의 경험과 제안을 일상생활에서
실천해보는 것이 가장 중요하다고 생각한다. 그렇지 않으면 책을 읽고 나서
깨달음이나 성장을 얻을 수가 없기 때문이다."

'아무리 유익한 책이라도 그 반은 독자가 만드는 것이다.'

책을 읽다보면 잘 읽히면서 공감이 크게 가는 것이 있고 반대로 잘 읽혀지지도 않고 머릿속에 남지 않는 경우도 있다. 책의 내용에 공감이 가면 저자가 하는 얘기를 실천해보고 싶어지기도 한다. 책을 읽고 나서 행동으로 옮기느냐 마느냐는 오롯이 독자의 몫이다. 한 권의 책을 읽고 작은 깨달음과 지혜를 얻는다는 것은 대단한 일이다. 그러나 거기에서 그치면 책을 읽기 전과 읽은 후의 차이가 뭐가 있을까?

일 년 전 병원에서 퇴원하고 집에 누워서 지낼 때였다. 누워서 하루

를 혼자 보내야 하는 상황에서 내가 할 수 있는 일은 그리 많지 않았다. 사고 전 조금씩 독서에 취미를 만들어 가던 중이었기에 자연스레 인터넷 서점을 자주 들락거렸다. 베스트셀러 책이라든가, 추천해주는 책들을 둘러보다가 일본 작가 이시다 히사쓰구의 《3개의 소원 100일의 기적》이 눈에 들어왔다. 책 줄거리를 먼저 읽어본 다음 주문해서 읽었다.

책에서 저자는 세 가지의 소원을 잠들기 전에 세 번씩 쓰는 것을 100일 동안 할 것을 권한다. 100일 동안 하고나서 잊고 지내다 보면 어느새 그것들이 이루어져 있는 것을 발견하게 되었다고 한다. 물론, 이루어지지 않은 것들도 있다. 그럴 때는 시차를 두고 다시 시작해보라고 한다. 단숨에 책을 읽고 나서 그 날부터 실행하기로 했다. 우선 꼭 이루고 싶고, 갖고 싶은 것들에 대해서 생각했다. 수많은 것들 중에서 세 가지로 추려 냈다. 그리고 잠자리에 들기 전에 실천하기 시작했다.

책에서 얻은 저자의 경험과 제안을 일상생활에서 실천해보는 것이 가장 중요하다고 생각한다. 그렇지 않으면 책을 읽고 나서 깨달음이나 성장이란 것을 얻을 수가 없기 때문이다. 아주 작은 것이라도 실천해보기를 권한다. 행동에 옮기다 보면 자신과 맞는 것인지 그렇지 않은지도 알게 되고 자신과 맞는 것은 더욱 발전시켜 나갈 수 있다.

석 달 조금 넘는 기간 동안 세 개의 소망을 세 번씩 적어 나갔다. 그 중에서 첫 번째는 이뤄졌다. 나머지 두 개는 2018년에 이뤄지기를 희망하는 내용이었다. 그 희망으로 가고 있다고 생각한다. 이것을 실천하면서 삶에 대한 성찰도 하게 되고 미래에 대한 기대를 품고 지금을 살아갈 힘을 얻게 되었다.

얼마 전에 모치즈키 도시타카의 《보물지도》와 《보물지도 무비》를 읽었다. 소중한 꿈을 이루는 방법에 대해서 얘기하는 책들이 많이 있다. '쓰면 이루어진다. 생생하게 상상하면 현실로 이루어진다.' 등 다양하다. 이 책에서는 저자가 보물지도를 만드는 것을 제안하고 있다. 이러한 것들의 공통점은 바로 '시각화'이다. 글로 써서 자주 보면서 잠재의식에 저장하고, 생생하게 상상함으로써 현실과 상상을 구분하지 못하는 잠재의식이 상상을 현실로 인식하도록 하는 것이다. 보물지도 또한 마찬가지다. 하고 싶은 것, 갖고 싶은 것, 되고 싶은 것, 가고 싶은 곳, 만나고 싶은 사람 등에 관한 이미지를 준비해서 가장 소중한 것부터 A1 코르크 보드나 대지에 붙여 나가는 것이다.

책을 읽고 바로 나만의 보물지도를 제작하기로 했다. 우선, 하고 싶은 것과 가고 싶은 곳, 되고 싶은 것들을 먼저 생각해봤다. 책을 쓰는 작가의 길을 가고 있는 지금 가장 되고 싶은 것은 베스트셀러 작가가 되는 것이다. 그리고 사람들에게 꿈과 희망을 전하는 메신저로 동기부여를 하는 강연가가 될 것이다. 다음은 취미로 마라톤을 하고 있으니 자격을 취득해서 보스턴 마라톤대회에 참가하고, 100km 울트라 마라톤에 참가해서 완주하는 것이다. 최종적으로는 마스터스의 꿈인 서브-3(3시간 내 풀코스 완주)를 달성하고 싶다. 가족과 함께 여유로운 일정으로 휴양지에서 휴식을 취하고도 싶다. 예전부터 피지섬에 가고 싶었던 희망을 갖고 있었는데 버킷리스트에 넣었다.

우선 대지를 준비하고 꿈에 알맞은 사진들과 이미지를 준비해서 만들었다. 중심에 가장 환하게 웃는 사진을 붙이고 위에서부터 시계방향으로 우선순위대로 정렬해서 이미지를 붙인 다음, 내용과 기한을 써넣었다. 마지막으로 아랫부분에 '모든 꿈이 이루어졌습니다. 감사합니다.' 라는 문구를 써서 완성시켰다. 거실 벽에 붙여 놓고 시간이 날 때마다 보면서 잠재의식에 생생하게 전달하고 있다. 그리고 보물지도를 만들면서 준비한 사진 이미지로 인순이의 '거위의 꿈' 이라는 노래를 배경음악으로 깔고 보물지도 무비도 만들어서 휴대폰에 저장하고 잠들기 전에 한 번씩 보면서 듣는다.

시각화를 더 잘 하기 위해서 냉장고 문과 욕실 거울에도 사진들을 부착했다. 내 안의 잠재의식에 계속되는 이미지를 심어주면 반드시 그것들은 현실로 이루어질 것이라고 믿어 의심치 않는다.

지난 해 베스트셀러였던 할 엘로드의 《미라클 모닝》을 읽었다. 내용이 다소 예측되기도 했지만 자세한 내용이 알고 싶어서 읽어본 것이다. 커다란 두 번의 시련을 겪은 저자는 책을 읽고 난 후 친구의 권유로 어느 날 아침 밖으로 나가 달리게 되면서 삶을 구하는 '아침습관'을 실행하고 삶의 기적을 만들어 나간다.

아침형 인간으로 살기 시작한 지 거의 2년이 되어 간다. 새벽 4시에 일어나는 요즘은 일어나서 나의 소망과 목표를 적어놓은 노트를 펼쳐서 읽으면서 마음에 되새긴다. 그리고 잠시 명상하면서 나의 꿈이 이루어졌다는 상상을 매일 한다. 이어서 긍정일기를 쓰고 책을 읽다가 달리기 운동을 하러 밖으로 나간다. 매일 하루를 시작하는 나의 일상의 모습이다. 새벽에 시간을 확보하면 좋은 점들은 너무나 많다.

2년 전 5월, 아침형으로 바꾼 지 한 달 정도 되었을 즈음 아침에 일찍 일어나면서 좋은 점을 일기장에 이렇게 적어 놓았다.

첫 번째, 아침에 꾸준한 운동시간이 확보되어 더욱 계획적으로 규칙적인 운동이 가능해졌고, 저녁에 운동시간 확보로 오는 스트레스가 없어졌다.

두 번째, 일찍 일어나기 위해서 취침시간을 조금씩 당기다보니 오히려 자지 않으며 낭비하던 시간이 없어졌다.

세 번째, 운동과 더불어 독서시간이 확보되었다.

네 번째, 무엇보다도 하루하루가 상쾌하다는 느낌을 많이 받는다.

새벽 4시에 일어나면 다른 사람들보다 한 달에 약 4일을 더 사는 셈이고 일 년에 48일 가량을 더 확보하게 된다. 물론, 이 시간을 얼마나 알차게 보내느냐가 중요하다. 더욱이 새벽에 확보한 시간은 온전히 나만의 시간이라는 것이다. 그렇기에 나 또한 아침에 일찍 일어나는 것을 예찬한다. 이 책을 읽는 당신도 일찍 일어나서 활기차게 하루를 시작했으면 한다. 일찍 일어나는 것은 생각보다 어렵지 않다. 며칠간의 시차를 두고 시작하는 날을 정해놓고 정해놓은 그날부터 알람에 맞춰 일어나면 된다. 다만, 자신의 잠재의식에 새겨두기 위해서 며칠간 정해놓은 날부터는 일찍 일어나야 한다고 시뮬레이션을 계속해주는 것이다.

모든 책의 저자는 자신의 경험을 독자에게 알리고 공유하고자 한다. 책을 읽었다면 책 속의 내용들을 실천해보면 어떨까. 그 속에서 인생을 발전시켜 나갈 수 있을 것이다.

04

책 속에 지혜와 깨달음이 있다

"책에는 저자의 다양한 경험을 통한 지혜와
깨달음이 담겨 있다. 책을 읽는 것에 그치지 않고 그것을 직접 삶에 적용시키고
시도하는 과정에서 깨달음을 통해 지혜를 얻게 된다."

"아이고, 너희들은 책을 사줘도 왜 읽지를 않노?"

"미영이는 너무 책만 읽으려고 해서 혼내가면서 책을 못 읽게 했는데."

"여유가 좀 돼서 전집도 사주고 했는데, 너희들은 책을 너무 안 읽어서 괜히 사준 것 같네."

초등학교 시절 어머니께서 작은누나와 나, 동생에게 하셨던 말이 생각난다. 큰누나는 어릴 적에 책을 너무 좋아해서 못 읽게 혼내주고 했는데, 밑에 동생들은 책을 사줘도 너무 읽지 않는다고 나무랐던 것이다. 사실이 그랬다. 어릴 적에 위인전집과 동화전집을 힘든 형편에도 사주셨다. 하지만 몇 권만 읽는 둥 마는 둥 나머지는 아예 제대로

읽어 보지도 않았다. 친구들과 술래잡기나 구슬치기를 하며 노는 것이 오히려 좋았기 때문이다. 많이 읽지는 않았지만 그 당시 읽었던 동화 하나가 기억난다. 주제는 개들이 서로 만나면 냄새를 맡으며 킁킁거리는 이유에 관한 것이었다.

사자나라와 원숭이나라가 있었다. 개는 사자나라의 요리사였다. 사자왕은 개에게 원숭이왕을 초대할 예정이니 맛있는 음식을 만들어 보라고 명했다. 연구 끝에 후추라는 향신료를 개발한 개는 음식을 만들어 사자가 맛보도록 했다. 하지만 톡 쏘는 그 맛에 화가 머리끝까지 난 사자왕은 주방장 개를 쫓아내 버린다. 드디어 원숭이왕이 파티에 왔고 대접하기 위해 맛있는 음식들을 준비했다. 성대하게 차려진 음식을 맛보는 순간 원숭이왕의 표정은 어두워졌다.

"이거 맛이 왜이래! 아무 맛도 없잖아!"

"무슨 문제라도 있단 말이오?" 사자왕이 물어봤다.

"이 나라는 후추도 사용하지 않소?"

"아, 그게……"

원숭이왕은 맛없는 음식으로 기분이 상해서 바로 되돌아가 버렸다. 당황한 사자왕은 요리사들을 불렀다.

"당장 나가서 주방장을 찾아서 오너라!"

요리사 개들은 모두 성 밖으로 나가서 주방장 개를 찾아다니게 됐다. 주방장 개가 후추를 모두 갖고 나갔기에 그 냄새로 확인할 수 있었다. 그래서 개들은 지금도 서로 만나면 킁킁거리면서 서로의 냄새를 맡는다. 추방된 주방장을 찾기 위해서다.

그때 읽었던 동화 스토리가 아직도 내 기억에 명확히 남아 있는 이유는 이야기 속에서 전해주는 지혜가 있기 때문이다. 사자왕처럼 독단적으로 신하를 대해서는 안 된다는 것과, 새로운 것에 대한 진지한 의사교환이 필요하다는 것이었다. 게다가 개들이 만나면 킁킁거리는 이유를 재밌게 풀어낸 것이 지금까지도 기억에 남아있는 이유다.

요즘 사람들은 인터넷을 통해 많은 지식과 정보를 습득할 수 있다. 그런 지식을 앞세워 잘난체하는 경우도 있다. 하지만 얕은 지식만 많을 뿐 대부분 내실이 없는 정보 수준에 그친다. 스스로 그 지식을 사용하고 경험해봐야 지혜를 얻을 수 있다.

백종원의 요리 레시피가 유행이다. 어떤 요리라도 인터넷으로 조회하면 백종원의 레시피가 뜬다. 얼마 전에 아이들을 위해서 직접 치킨을 만들어 주기로 했다. 기름에 튀기는 것은 번거로울 것 같아서 닭을 구워서 양념으로 버무리는 것으로 방향을 잡았다. 양면 팬에 닭을 굽고 양념을 준비해야 했다. 요리라고는 해본 적이 거의 없기에 치킨 양념 또한 스스로 만들지는 못한다. 치킨양념에 대해서 인터넷으로 조회해봤다. 황금 레시피라며 조회되는 것들이 많다. 여러 가지 비교해보면서 정보를 수집했다. 대부분 대동소이하고 들어가는 조미료나 사용하는 양이 조금씩 다를 뿐이다. 고추장, 고춧가루, 양파, 간장, 마늘, 요리당은 기본으로 들어간다. 수집된 정보로 양념을 만들 때 각각의 사용하는 양을 조절한다. 가스레인지에 데우며 맛을 보면서 말이다. 한 번의 시도로 나만의 레시피가 되지는 않지만 이후 여러 번 양념을 만들어보면서 나만의 레시피가 만들어진다. 양념을 만드는 정보를 바탕으로 직접 시도하면서 양념을 맛있게 만드는 자신의 지혜가 된다.

책에는 저자의 다양한 경험을 통한 지혜와 깨달음이 담겨 있다. 책을 읽는 것에만 그친다면 책 속의 지혜와 깨달음도 단순한 정보에 지나지 않을 것이다. 직접 삶에 적용시키고 시도해봐야 한다. 그러는 과정에서 자신만의 깨달음을 통해 지혜를 얻게 된다. 단지 읽는 것에서 그치면 안 되는 이유다.

며칠 전 코엑스에서 성공학 및 동기부여의 대가 브라이언 트레이시의 강연을 듣고 왔다. 2003년과 2007년에 이어 세 번째 한국 방문이었다. 이미 그의 책들을 읽었기에 그가 강조하는 인과관계의 법칙은 아직도 뇌리에 강하게 남아 있다. 성공한 사람들을 찾아가서 그들에게 질문하고 그들이 했던 대로 그대로만 한다면 그들과 똑같은 성공을 한다는 것이다. 직접 강연을 들으면서 책에서 읽었던 내용들이 명쾌하게 정리가 되며 리뷰할 수 있었다. 성공한 사람들의 일곱 가지 습관에 대해서 아래와 같이 얘기했다.

첫 번째, 매일 목표를 설정한다. 항상 종이와 펜을 휴대하고 생각나는 것과 아이디어를 기록하고, 반드시 목표는 손으로 직접 쓰라고 했다. 목표를 읽고 검토하며 목표로 가기 위해서 가장 중요한 일들을 해야 한다고 했다.

두 번째, 매일매일 계획한다. 리스트를 작성하고 우선순위를 정해서 가장 중요한 것에 집중해야 하며, 바로 실행하는 것이 중요하다.

세 번째, 선택과 집중을 한다. 가장 중요한 업무를 아침에 선택하고 집중해서 하라고 했다.

네 번째, 끊임없는 학습을 한다. 하루 한 시간 독서를 하고, 오디오 프로그램을 활용하라고 했다. 더불어 교육 세미나에는 끊임없이 참여하라고 한다.

다섯 번째, 건강을 유지한다. 건강이 세상에서 가장 중요하다. 건강한 음식들을 섭취하고 매주 200분의 운동을 하고 매일 일곱, 여덟 시간의 수면을 취하라고 했다.

여섯 번째, 열심히 노력한다. 구체적인 결과를 얻기 위해 일을 시작했으면 완료를 해야 한다고 했다.

일곱 번째, 계속해서 행동한다. 매일 활동을 더 해야 한다고 했다. 무엇이든 빠르게 실행하고 새로운 것을 찾아내야 한다고 했다.

마지막으로 그가 한 말이 뇌리에 강하게 새겨졌다.

"제가 얘기하는 것들을 들으면 모두 쉬워 보입니다. 하지만 하기 쉬운 일은 안 하기도 쉽습니다. 우리는 성공하기 위해서 안 하기 쉬운 일들을 해야 합니다."

그렇다. 시도하거나 도전하지 않으면 아무런 변화가 생길 수 없다. 습관을 만들기는 어려우나 습관이 바뀌면 인생이 바뀔 수 있다. 브라이언 트레이시는 쉬워질 때까지는 어려우나 일상이 되면 쉬움을 강조했다. 생각을 행동으로 옮기고 그 행동을 계속할 때 습관이 된다. 아는 것에 그치면 단순 지식이나 정보일 뿐이다.

지혜는 진실이라고 할 수 있다. 일상생활에 활용되어지는 모든 지식은 그 일에 대한 지혜라고 볼 수 있다. 독서를 하며 얻게 되는 다양한 정보나 지식을 우선 시도해보자. 시행착오를 겪으면서 성공하거나 완료하게 되면 지혜를 얻게 된다. 그렇기에 독서는 지혜와 깨달음을 얻을 수 있는 통로가 된다.

05

변화는 결심에서 시작된다

"인간의 뇌는 모든 장기 중에서 제일 게으르다고 한다.
이 게으른 뇌를 그냥 두면 편하고 익숙한 것만 추구하게 된다. 그러니 변화를 위해서는
계속적으로 메시지를 전해야 한다."

살면서 원하든 원하지 않든 세상은 계절 바뀌듯이 수시로 바뀌면서 발전해가고 있다. 이러한 변화에 어떻게 대처하느냐에 따라 삶과 인생에 엄청난 차이가 생긴다. 자연계에서도 변화에 대처하지 못해 멸종의 길로 접어든 경우는 수없이 많다. 우리도 마찬가지다. 변화하는 세상의 속도에 맞춰서 나가야 한다. 물론 제대로 된 방향이어야 한다.

사람들은 익숙함에 취해서 살아가고 있다. 익숙함만을 추구한다는 것은 변화를 두려워하거나 시도조차 하지 않는 상태다. 변화는 기회라고 한다. 하지만 그 기회는 변화하는 사람만의 것이란 걸 잊으면 안 된다.

세상에는 세 부류의 사람이 있다.

첫째, 변화하기를 죽기보다 싫어하는 사람이다. 이들은 변화를 생각하지도 않고 오히려 변화를 두려워한다. 이런 사람들은 평생 힘겹게 살 수밖에 없을 지도 모른다.

둘째, 변화를 뒤따라가는 사람이다. 스스로 변화를 주도하지도 않고 적극적으로 동참하지도 않는 사람이다. 매번 변화에 적응하기에 급급하다. 이런 사람들은 변화에 늘 뒤떨어지므로 쉴 틈이 없이 살아간다.

셋째, 변화를 리드하고 항상 기회로 생각하는 사람이다. 꿈과 목표를 가지고 항상 미래를 준비하며 사는 사람이다. 늘 변화에 대처할 준비가 되어 있고 세상을 이끌어 가는 사람이다.

우리는 변화를 리드하고 기회를 찾으며 미래를 준비하며 살아야 한다. 변화에 적응하고 리드하기 위해서는 다양한 지식과 경험은 필수다. 인터넷이 일반화된 지금은 다양한 정보를 얻기 쉽다. 하지만 정제된 정보인지 정확한 내용인지는 구분하기가 어렵다. 스스로 판단하기는 더욱 어려울지도 모른다. 책으로 대비하기를 권한다. 책에서 정확한 정보와 혜안을 얻을 수 있다. 그것들이 누적되면 지혜로운 생각을 갖게 되고, 변화에 적절히 대응할 수 있다. 책을 읽는다는 것이 삶의 지혜이기도 하다.

변화는 결심에서 시작되기도 한다. '내일부터 담배를 끊겠어.' 라든가 '아침형 인간이 되겠어.' '운동을 열심히 할 거야.' 등 살아가면서 많은 결심을 한다. 하지만 결심만으로 끝나든가, 작심삼일이 되는 경우가 다반사다. 그렇게 되면 변화란 일어나지 않는다. 원 상태로 되돌아가서 잊어버리고 살게 될 뿐이다. 결심이 작심삼일로 끝나는 이유, 즉 변화하지 못하는 이유는 절실함이 없어서이다. 절실함은 외부환경이나 개인의 의지에 따라 다르다. 담배의 경우를 보자. 건강을 위해서 강한 의지로 끊기도 하지만, 건강상 문제가 생겨서 의사가 끊으라고 할 때 비로소 끊는 경우가 더 많다. 이처럼 외부 환경이나 충격이 얼마나 개인의 의지까지 끌어올리는지 알 수 있다.

사고에서 회복한 후로 술을 끊었다. 술이 직접적인 영향을 줬던 것은 아니지만 영향이 없었던 것도 아니었다. 이전에도 술을 줄이거나 끊어야겠다고 생각했던 적은 많았지만 그 생각이 얼마 가지 못했다. 사고를 겪으면서 술을 끊겠다는 결심이 바로 행동으로 이어졌다. 일 년이 넘어간 지금은 건강이 사고 전보다 훨씬 좋아졌다.

삶의 변화를 독서로 시작해보면 어떨까? 나는 자기계발 도서를 많이 읽는다. 이유는 명확하다. 끊임없이 뇌리에 새기기 위해서다. 인간의 뇌는 모든 장기 중에서 제일 게으르다고 한다. 이 게으른 뇌를 그냥 두면 편하고 익숙한 것만 추구하게 된다. 변화를 위해서는 계속적으로 메시지를 전해야 한다. 혹자는 자기계발 책들은 다 비슷한 내용에다

뻔한 내용이라 읽지 않는다고 한다. 그런 사람들에게 묻고 싶다. 그 뻔한 내용들을 항상 숙지하고 행동하고 있는지를 말이다. 뻔하다고 말하는 사람들은 책도 읽지 않을뿐더러 행동도 하지 않는 사람들일 것이다.

소원을 이루거나 목표를 달성하기 위해서 '시각화'가 중요하고 필요하다는 말은 누구나 한 번쯤 들어봤을 것이다. 다양한 방법이 있다. 노트에 글로 써서 눈으로 자주 보는 것으로 하기도 하고, 사진 이미지로 더 생생하게 할 수도 있고, 동영상으로 더 강하게 시각화를 할 수도 있다. 잠들기 전에 머릿속으로 구체적으로 영상을 그려보는 것도 좋은 방법이다. 하지만 이것들을 실천하는 사람들은 그리 많지 않다. 그것도 매일매일 수시로 해야 함에도 말이다. 시각화가 꿈을 이뤄주느냐고 반문할지도 모르겠다. 당연히 시각화하는 일만 해서는 변화가 있을 수도 꿈이 이뤄지지도 않는다. 중요한 것은 시각화를 함으로써 스스로에게 동기부여를 하고 절실함을 깨닫게 할 수 있다는 것이다. 그것이 구체적인 행동과 실천으로 이어져야 함은 당연하다. 끊임없는 노력과 실행이 꿈으로 가는 길에 점을 찍어 그 점들을 이어서 결과를 만들어 주는 것이다.

책을 읽다가 좋은 내용이나 공감이 되는 문구는 일기장에 적어 놓는다. 수시로 보기 위해서다. 이는 시각화이기도 하고 자신에게 동기부여가 되는 것이다. 아침에 일기를 쓸 때나 한 번씩 일기장을 훑어볼 때 자주 본다. 그리고 내 삶에 어떻게 적용할 것인지도 늘 생각한다.

회사에서 직원들과 미팅을 할 때마다 언제나 많이 들어주려고 노력했다. 그리고 책에서 읽은 좋은 글이나 말은 전해주려고 했다. 그들이 얼마나 나의 진심을 느꼈는지는 중요하지 않다. 내가 그럴 수 있었고, 그런 좋은 마음으로 생활 속에서 실천을 하고 있었다는 것이 중요하다. 이는 책을 읽기 전에 하지 않았던 일이었다. 책을 읽으면서 내가 변화해 간 것이다.

몇 년 전에 존 크랠릭의 《365 Thank You》를 읽었다. 저자는 최악의 상황에서 우연히 감사할 거리를 찾고, 그것을 표현하는 실천을 통해서 삶의 기적 같은 변화를 경험한다. 평범한 카드에 담은 고마운 마음은 스스로의 삶과 주변 사람들을 바라보는 방식을 바꾸는 계기가 됐다. 우리는 일상적인 것들에 대한 고마움을 잊고 살아간다. 당연한 것을 당연하지 않게 대할 때 삶의 변화가 시작되는 것은 아닐까?

책을 읽고 일 년 동안 함께 고생해온 부서원 모두에게 자필로 편지를 썼다. 토요일 아침 출근해서 미리 준비한 편지지에 한 자 한 자 감사한 마음으로 정성을 들여서 썼다. 다가오는 새해에 대한 덕담과 함께 말이다. 그리고 문화상품권을 한 장씩 넣어서 점심식사에서 아직

돌아오지 않은 직원들 자리에 놓아두었다. 개인적으로 답신을 해준 직원도 있고, 어느 팀은 팀원들의 글을 한 장에 써서 내게 줬다. 회신을 바라는 마음은 전혀 없었지만 적어도 직원들에게 내 마음이 전해졌다고 생각하니 행복했다.

날마다 나는 성장하고 발전해가고 있다. 책을 읽으며 나의 뇌를 꾸준히 자극하고 공감한 것들을 일상생활에서 실천해가기 때문일 것이다. 발전과 변화가 없는 삶은 어쩌면 죽어 있는 삶일지도 모른다. 죽어 있는 삶은 언제 재앙으로 다가올지는 아무도 모른다. 재앙이 오기 전에 바뀌어야 한다. 지금 이 순간 익숙함을 벗어버리고 변화로 나아가는 길을 선택하면 어떨까? 변화는 독서에서 시작된다.

06

책은 나의 꿈을 응원한다

"책 속에서 실천하는 힘을 얻고 살아가는 지혜를 얻었다.
한 권 두 권 읽어나가면서 잊고 지냈던 꿈들이 꿈틀꿈틀 비집고 나왔다.
고달픈 삶에 오랫동안 꾹꾹 눌려져 있던 꿈이었다."

"난, 난 꿈이 있었죠

버려지고 찢겨 남루하여도

내 가슴 속 깊이 보물과 같이 간직했던 꿈

〈중략〉

그래요 난, 난 꿈이 있어요

그 꿈을 믿어요 나를 지켜봐요

저 차갑게 서 있는 운명이란 벽 앞에

당당히 마주칠 수 있어요"

가수 인순이의 〈거위의 꿈〉에 나오는 가사다. 얼마 전 나는 나만의 보물지도 무비를 만들었다. 나의 꿈과 희망과 목표에 어울리는 배경음악을 무엇으로 할까 생각하다가 인순이의 노래가 생각났다. 보스턴 마라톤 결승점을 통과하는 모습, 베스트셀러 작가가 된 모습, 많은 사람들 앞에서 강연하는 모습, 가족과 피지섬에 여행하는 모습, 벤츠를 타는 모습을 사진으로 담아서 영상으로 편집했다. 나만의 '보물지도'를 만들게 되면서 노래 가사처럼 내 가슴 속 깊이 잊어버리고 있던 꿈을 꺼낼 수 있었다. 그리고 그 꿈을 믿는다. 삶을 당당히 헤쳐 나가다 보면 나도 모르게 내 곁으로 다가와서 반갑게 인사하며 맞이해 줄 것이라고.

회사를 그만두고 아내와 함께 작은 웰빙 카페를 운영해왔다. 아내와 내가 하는 일은 사람들의 건강을 도와주는 일이다. 건강에 대한 정보를 나누고, 건강한 식생활에 대한 지식을 알려 준다. 간단한 운동으로 코칭도 해주며 건강한 라이프 스타일을 해나가도록 돕는 것이다. 몇 달 전에 고객들에게 적극적인 운동 코칭을 해주기 위해서 변신을 시도했다. 장소는 매우 협소했으나 6평의 카페를 운동클럽으로 변모시킨 것이다. 고객들에게 30분간의 고강도 유산소 운동을 시켜주고 운동 후 필수인 고단백 영양음료를 제공하게 되었다. 운동클럽의 목표는 모든 사람들이 건강해지고 건강한 라이프 스타일을 즐기도록 도와주는 것이다. 아내의 꿈으로 시작된 일이 나도 꿈꾸는 일이 되었다.

카페를 운동할 수 있는 공간으로 변모시키다 보니 테이블과 의자를 처분해야 했다. 처음엔 중고로 처분할 생각이었으나 아내가 제안을 했다. 거실에 테이블과 의자를 두면 어떻겠느냐고. 미처 생각해보지 않았던 구상이다. 생각해보니 괜찮을 것 같았다. 공사를 시작하기 전에 차로 테이블과 의자를 집으로 옮겨 거실에 배치했다. 예상했던 것보다 괜찮은 모습으로 테이블이 자리를 했다. 이렇게 마련했던 공간이 내가 꿈꾸는 공간이 될지는 그때는 몰랐다. 책을 쓰는 지금 나만의 서재가 되었다. 참고할 책과 노트북, 일기장, 노트 등이 배치된 집에 있는 나의 꿈터인 것이다.

직장생활을 20년 가까이 했다. 신입사원 시절 새로운 환경에서 새로운 업무를 배우며 나름대로 열심히 살았다. 하지만 재미와 성취감으로 보낸 시간은 그리 길지 않았다. 3년 정도가 지나가면서 업무는 문제없이 처리하는 수준으로만 하게 됐다. 모든 회사가 그렇지는 않겠지만 잘 해도 그만, 못해도 그만일 수밖에 없는 구조였다. 잘 한다고 해서 보상이 있는 것도 아니고 알아주지도 않는다. 문제가 되었을 때만 득달같이 달려들어 직원을 나무라는 일이 다반사였다. 그렇다고 해결책을 제시하는 사람은 그 누구도 없었다. 빠져 나가기 급급한 모습들을 볼 때면 그런 사람들이 밉다기보다는 정말 안타까워 보였다. 개선해보겠다고 적극적이지 못했던 것도 후회가 되기도 하지만 중요한 것은 그런다고 해서 그 말을 제대로 새겨들을 만한 사람이 없었다. 또한 구조적인 것은 나로서는 어쩔 수 없는 것이기도 했다. 최고 경영자에게 아부하기 급급한 임원이나 직원들을 볼 때마다 불쌍해 보이기도 했다. 어떤 이는 다음 회사에서는 사내 정치를 잘 해야겠다고 비아냥거리며 그만두기도 했다. 나는 그 친구에게 그러지 말고 진실되게 정직하게 살라고 조언했다. 난 지금도 진실과 정직함은 언젠가는 드러나게 되어 있다고 믿는다. 반대로 거짓말과 아첨하는 사람들은 그에 상응하는 것을 되돌려 받을 것이다. 세상은 준대로 돌려받게 되는 것이 이치이기 때문이다.

베트남에서 1년간 파견근무를 하고 돌아와서부터 책을 읽으려고 노력을 했다. 많은 사람들이 핑계 대는 것처럼 책 읽을 시간이 없었다. 아침엔 출근 준비해야 하고, 회사에선 일을 하고, 집에 돌아오면 가족과 시간을 보내기 때문이라고 생각했다. 정말 핑계인 것이다. 자투리 시간을 활용했더라면 얼마든지 독서가 가능했으리라.

아침형 인간이 되겠다고 노력하면서부터 조금씩 시간 확보가 되었다. 5시쯤에 일어나서 책을 읽고 운동을 했다. 책과 제대로 만나기 시작하게 됐다. 읽어 나가는 페이지가 쌓이면서 약간의 성취감을 느꼈다. 책 속의 얘기에 공감하고 실천하는 힘을 얻고 살아가는 지혜를 얻었다. 한 권 두 권 읽어나가다 보니 잃어버렸던 아니, 잊고 지냈던 꿈들이 꿈틀꿈틀 비집고 나왔다. 고달픈 삶에 꾹꾹 오랫동안 눌려져 있던 꿈 말이다. 책이 나의 꿈을 해방시켜 준 것이다.

너무나 긴 시간동안 꿈이 없는 삶을 그냥 살아왔다. 40대 중반이 가까워 오면서 꿈을 찾은 것만 해도 정말 감사하게 생각한다. 많은 사람들은 꿈 없이 살아가고 있다. 세상 사람들은 여러 가지 이분법으로 나뉜다. 책을 읽는 사람과 그렇지 않은 사람, 꿈을 꾸는 사람과 꿈이 없는 사람, 운동을 하는 사람과 운동하지 않는 사람, 목표가 명확한 사람과 그렇지 않은 사람 등으로 말이다. 중요하지 않은 것이 하나도 없겠지만, 책부터 읽기를 권한다. 책을 읽으면 꿈도 찾게 된다. 어쩌면 일석이조가 아니겠는가. 언젠가는 책을 읽지 않는 사람은 책을 읽는 사람들에게 지배를 당하는 날이 온다고 한다. 그것은 달리 말하면 꿈을 이룬 사람들이 꿈 없이 사는 사람들을 지배한다는 것과 같다. 지금부터라도 당장 책을 읽어야 하지 않겠는가.

떠오르는 꿈들을 정리하고 구체화해서 노트에 정리하고 기록했다. 그리고 목표도 설정했다. 종이에 쓰는 순간 그 꿈은 이루어진다고 했던가. 얼마 전에는 시각화를 위해서 대지에 사진과 함께 기한과 조건을 적어서 거실 전면에 붙여 놓았다. 일부러 보려고 하지 않아도 볼 수 있게끔 말이다. 한 치도 의심하지 않는다. 내가 꾸는 꿈은 모두 이루어질 거라는 것을 말이다.

나의 하루는 꿈터에서 책을 읽으며 시작된다. 읽는 책의 종류는 상관없다. 책에서 읽어 들이는 활자 하나 하나에서 내 꿈을 확인한다. 독서하는 것이 꿈으로 가는 꿈길이라고 생각한다. 책에서 꿈을 확인하고 책은 언제나 나의 꿈을 응원한다. 당신도 지금 독서를 시작하라. 책은 당신을 꿈으로 인도하고, 꿈이 이뤄지기를 간절히 기도하며 응원해줄 것이기 때문이다. 책을 인생의 동반자로 받아들이길 바란다.

07

내가 확실히 아는 것들

"끊임없이 변하는 현대사회에서 꾸준한 자기혁신이 필요하다.
꾸준히 공부하고 혁신하지 않는다면 하루하루 살아가기 급급해서 시간이 지나면 후회로
가득한 삶이 되고 말지도 모른다."

아직도 처음으로 중환자실로 찾아와 나를 바라보던 아내의 얼굴을 잊을 수가 없다. 죄스럽기도 하고 고맙기도 하고 미안하기도 했다. 내 몸이 아픈 것보다, 충격을 받고 마음에 지울 수 없는 상처를 또 하나 줬다는 생각에 미치도록 힘들었다. 후회가 밀려왔다. 하지만 되돌릴 수 없는 일이었다. 앞으로 이런 후회할 일은 절대 만들지 않으리라 다짐했다. 그것만이 그나마 아내에 대한 미안함을 갚아 나가는 길이라고 생각했다.

거울을 볼 수 없어서 실제 내 모습은 알 수가 없었다. 여의도 성모병원으로 이송되고 나서 며칠이 지난 어느 날, 아내가 휴대폰으로 사진을 찍어준 것을 보고 나서야 처참한 나의 모습을 보게 되었다. 머리

뒤쪽의 충격으로 전뇌에 출혈이 있어서인 듯했다. 눈 주위가 시커멓게 멍든 것처럼 되어 있었다. 마치 좀비 같아 보였다. 그나마 열흘 정도 지나서 많이 좋아진 상태라고 아내가 말했다. 아내가 얼마나 충격을 받았을지는 헤아릴 수도 없을 듯했다.

아내를 생각하니 아내가 읽던 책이 생각났다.

"나, 독서에 취미를 좀 가져 보려고. 인터넷 서점에서 몇 권 골랐어. 자기도 읽고 싶은 책 있으면 골라봐, 같이 주문하게."

"글세...... 이따가 한번 볼게."

그렇게 아내가 선택했던 책은 《멀리 가려면 함께 가라》였다.

저자는 우리가 하는 일과 우리와 함께 해온 사람들을 돌아보는 계기가 되면 좋겠다고 제안한다. 멀리 가려면 함께 가야 한다는 이유로 말이다. 세상을 살아가려면 사람들과 더불어 어울려야 한다. 혼자서는 살아갈 수 없다. 진정한 마음과 감사한 마음으로 삶을 대한다면 함께 삶을 누려갈 사람들을 만나게 된다. 개인적인 욕심과 이기심으로 살아간다면 어느 순간 주변에 남아 있는 사람이 없음을 알게 될 것이다. 책을 읽으며 새삼 더불어 삶을 살아가야 함을 느꼈다. 내 인생에 등장하는 한 사람 한 사람을 소중하게 생각하며 그들과의 인연이 닿았음에 감사한다. 때로는 나와 맞지 않는 사람들로 고통을 받기도 하지만 그 또한 깨달음을 얻기 위해 주어진 것이라고 생각한다.

오프라 윈프리의 《내가 확실히 아는 것들》을 우연히 구매해서 읽었다. 영화평론가였던 진 스켈과의 인터뷰에서 그가 오프라 윈프리에게 물었다고 한다. "그런데 말이죠, 오프라. 당신이 확실하게 아는 것이 있다면, 그것은 무엇입니까?" 그가 한 질문이 오프라에게 가장 중요한 질문으로 남았고 〈O 매거진〉에 '내가 확실히 아는 것들' 이라는 제목으로 칼럼을 써 왔다고 한다.

책을 읽고, 40년 넘게 살아온 나는 확실하게 아는 것이 무엇일까? 자신에게 질문해봤다.

사고를 겪은 지 얼마 되지 않아서인지 가장 먼저 떠오르는 것은 건강이었다. 건강의 중요성을 새삼 느꼈다. 그리고 건강의 중요성만 안다고 해서 건강을 유지하거나 더 건강해지지는 않는다는 것도 깨달았다. 농부가 봄에 씨앗을 뿌리기만 한다고 해서 큰 결실을 기대할 수 없음과 같다. 물도 공급하고 해충도 쫓아내고 날마다 관심을 가져야 한다. 그런 노력의 결과로 수확물을 얻게 된다. 우리 몸 또한 마찬가지다. 건강을 유지하거나 증진하기 위해서는 많은 관심을 가져야 한다. 건강한 유기농 식단으로 음식물을 섭취하는 한편 부족한 영양분은 보조제로 공급해야 한다. 또한 규칙적인 유산소와 근력 운동을 해야 한다. 이것이 외적인 건강이라면 내적인 건강을 위해서 책을 읽는 것이 필요하다. 책 속의 다양한 지식을 간접적으로 체험하고 우리는 시간을 벌 수 있다. 책에서 얻는 지식과 깨달음은 내적인 건강으로 이끌어 주는 것이다.

두 번째로 떠오르는 것 또한 건강과 관련이 있다. 술과 담배는 백해무익하다는 것이다. 사람들 역시 이 사실을 잘 알고 있다. 하지만 역시 실천의 문제다. 정신적으로나 육체적으로나 술과 담배가 전혀 도움이 되지 않음을 알고서도 기호의 문제라며 즐긴다. 한 잔의 술로 스트레스를 해소할 수가 있다고 한다. 예전에 나도 그렇게 생각했다. 세상의 모든 것은 장점과 단점을 가지고 있다. 좋은 측면과 나쁜 측면이 있는 것이다. 하지만 그것이 술과 담배라면 다르다. 적당하게 하는 것은 그나마 나을 수도 있을지 모른다. 그 적당함이 항상 과함을 불러온다는 것이 문제다. 술을 마시면서 시간을 낭비하고 에너지를 소모한다. 다음 날 숙취를 해소하기 위해서 또 시간을 허비하게 된다. 사람들과 어울려 살아가는 세상이라지만 좀 더 생산적인 곳에 에너지와 시간을 사용해야 한다. 한 번 지나가버린 시간은 금세 과거가 되고, 되돌리지도 바꿀 수도 없음을 우리는 모두 알고 있지 않은가.

마지막으로 떠오른 것은 시간의 중요성이다. 공평하게 주어지는 시간을 어떻게 활용하고 사용하느냐에 따라 미래는 달라질 수 있다. 시간을 펑펑 아무렇게나 사용해서는 안 되는 이유이다. 이 또한 모두가 알고 있다. 바쁜 현대 생활을 핑계로 미처 신경을 쓰지 못하고 보내고 있을 뿐이다. 그렇기에 하루하루 계획된 생활을 해야 한다. 하루를 마감할 때 하루를 돌아보는 시간은 아무리 강조해도 지나치지 않다.

책은 읽을 때마다 언제나 질문을 내게 던져주고 생각을 하도록 해준다. 세상에는 두 부류의 사람이 살고 있다고 한다. 책을 읽는 사람들과 책을 읽지 않는 사람들이다. 어떤 책에서, 미래에는 책을 읽지 않는 사람들은 책을 읽는 사람들의 지배를 받게 된다고 강하게 얘기하고 있다. 그만큼 독서를 통한 자기성찰과 성장의 중요성을 강조하는 것이다.

끊임없이 변하는 현대사회에서 꾸준한 자기혁신이 필요하다. 꾸준히 공부하고 혁신하지 않는다면 하루하루 살아가는 데 급급해서 시간이 지나고 나면 후회로 가득한 삶이 되고 말지도 모른다. 주변을 둘러보면 사람들은 심할 정도로 책을 읽지 않는다. 다니던 회사에서도 책을 읽는 사람을 찾아볼 수가 없었다. 말단 사원에서부터 팀장, 임원까지 누구도 책을 가까이 하지 않았다. 그렇기에 직원에 대한 존중감이 없었다. 말로만 하는 소통만 있을 뿐 누구도 진정으로 소통되지 않았다. 직위를 이용해 함부로 대하는 언사는 일상이기도 했다. 누구를 탓하려는 것은 아니다. 리더십 부재, 소속감 부재, 이 모든 것은 아마도 책을 읽으며 자기계발을 하지 않았던 것이 중요한 이유 중 하나였으리라.

말을 함부로 하며 직원 대하기를 아주 우습게 생각하는 A임원이 있었다. 그는 언제나 야비한 행동을 일삼았다. A임원이 회사 책임자에게 부하직원을 사실과 다르게 보고할 때가 많았다. 그가 살아가는 방식이었다. 본인이 살고자 부하직원을 죽이는 것이다. 한 사람의 보고만으로 판단하는 회사 책임자도 마찬가지다. 대학에 대학원까지 나오고 수십 년 사회생활을 해온 그들에게 부족한 것이 무엇이었을까? 제대로 된 통찰력과 리더십은 당연히 기대할 수 없었다. 소통을 하기 위해서는 기본적으로 상호 간의 믿음이 바탕이 되어야 한다. '나는 나 말고 아무도 믿지 않아.' 라고 말하는 B임원만 생각해보더라도 알 수 있다. 소통과 화합을 얘기하는 사회 분위기와는 달라도 너무 달랐다. 말로만 하는 소통만 있었다. 그 중심엔 중간역할을 제대로 하지 못하는 임원들이 있었다. 그들이 책을 읽고 자기성찰을 했다면 어땠을까? 적어도 야비한 행동을 하거나 지위를 이용한 막말들을 함부로 쏟아내지는 않았으리라.

책은 누구에게나 반드시 필요하다. 즉, 책이 필요 없는 삶이란 없다. 책 한 권을 쓰기 위해서 얼마나 많은 정열과 시간이 필요한지 아는가? 그 한 권에 저자의 모든 생각과 노력, 깨달음이 녹아 있다. 무슨 책이든 당장 읽기를 권한다. 한 자 한 자 읽어 나가다보면 그 글들이 가슴에 새겨지게 된다. 그러면서 성장하고 발전해나가는 것이다. 책에는 인터넷 검색으로 얻는 가볍고 단순한 정보가 담겨 있지 않다. 깊은 정보와 저자의 성찰이 담겨 있다. 한 권의 책으로 인생이 달라지지는 않는다. 지속하는 독서에서 우리의 인생은 달라지기 시작하는 것이다.

삶 을
바꾸는
기 술

CHAPTER

02

제2장

책을 읽다가 '꿈'을 만나다

01

책을 읽다가 '꿈'을 만나다

"새벽에 일어나 일기를 쓰고 책을 읽으며 하루를 시작한다.
책 속에서 가슴으로 담은 글은 어쩌다 흔들리는 때에도 꺼지지 않는
희망의 불씨가 되어 나를 단단하게 지켜 줄 것이다."

"아빠는 꿈이 뭐에요?"

"왜?"

"오늘 학교에서 꿈에 대해서 발표하는 시간이 있었어요."

학교에서 돌아온 아이가 갑작스레 묻는 질문에 바로 대답하지 못하는 나를 발견했다. '내 꿈이 뭐지?' 잠깐 머릿속으로 생각해봤지만 떠오르는 것이 없다. 그렇다. 그동안 꿈도 없이 하루하루를 살아가고 있었다.

아들의 질문을 받고 내가 꿈꾸었던 것이 무엇인지 생각해보았다. 초등학교 6학년 때 학교에서 있었던 똑같은 상황이 떠올랐다. 선생님

은 우리에게 꿈이 뭔지 발표를 하게 했다. 명확한 이유는 생각나지 않지만 그 순간 떠올렸던 것이 대학교수였다. 그래서 대학교수가 되고 싶다고 했던 기억이 난다. 내 입으로 말하는 순간 그것은 나의 꿈이 되었는지도 모른다. 그 꿈은 중학교를 들어가고 나서 바뀌었다. 중학교에 들어가서는 나름 큰 동기부여를 받아서 학교생활도 열심히 했고 비전도 크게 가지고 있었던 듯하다. 일 년 새 나의 꿈은 대학교수에서 대통령으로 바뀌어 있었기 때문이다. 지금도 앞에 나가서 발표하던 순간이 생생하게 느껴진다. 진정으로 한 나라의 대통령이 되고 싶었던 그 느낌은 진실된 것이었다.

고등학교에 진학하면서 다소 현실적인 꿈으로 바뀌었다. 물리 수업에 흥미를 많이 느끼던 나는 물리학자가 되겠다는 꿈을 갖게 되었다. 하지만 이것마저도 접어야 했다. 고3이 되면서 모의고사 성적이 저조해 목표했던 대학의 물리학과에 지원하기에는 점수가 부족했고, 다른 길을 선택함으로써 꿈을 잃게 되었다. 그 이후 지금까지 열심히는 살아왔으나 꿈이 없는 삶을 살아온 듯하다.

낙상사고로 병원에서 수술을 받고 집에서 두 달 동안 휴식을 취하고 있을 때부터 잃어버렸던 꿈을 다시 꾸기 시작했다. 책을 읽으며 꿈, 희망, 목표에 대해서 생각하기 시작한 했다. 강신장, 황인원의《감성의 끝에 서라》를 읽고 글을 쓰고 싶어졌다. 사물과 일체화되어 사물의 마음을 들여다보는 시인의 감성을 갖고 싶었다. 그러면서 시와 수필을 쓰고 싶어진 것이다.

회사에 복귀하고 점심시간 식사를 하러 가면서 나의 얼굴을 때리는 바람의 마음도 알고 싶었고, 새 순이 막 돋아나려는 나무를 보면서 얼마나 지난 겨울을 힘들게 이겨냈을까도 알고 싶었다. 공원에 도란도란 앉아서 얘기하고 계시는 할아버지, 할머니의 생각도 들여다보고 싶었다. 그 주위를 맴돌고 있는 비둘기의 마음도 알고 싶었다. 카페 천장에 일렬로 가지런히 줄지어 매달려 있는 와인 잔은 어떤 생각을 하면서 무엇을 기다리고 있는지도 알고 싶을 정도였다.

브렌든 버처드의 《메신저가 되라》를 읽고서는 나도 메신저가 되고 싶다는 꿈을 꾸기 시작했다. 더군다나 큰 사고를 겪은 나는 책의 서두 부분에 나오는 저자의 이야기에 크게 공감을 했다. 나 역시 사고로부터 새로운 깨달음과 다시 주어진 삶을 새롭게 시작하겠다고 생각했기 때문이다. 세상의 모든 사람들은 각자의 경험을 갖고 있다. 나 역시 누구도 갖고 있지 않은 수많은 나만의 경험과 체험과 깨달음이 있다. 그것들을 세상 사람들과 공유하고 싶어졌다. 나를 통해 사람들의 모습이 바뀌어 가고, 꿈과 희망을 전하면서 따뜻한 세상에 공헌하는 메신저가 되고 싶었다. 그렇기에 언제나 감사한 마음으로 세상을 바라보며 경건한 마음자세로 삶을 대하기로 했다.

베트남에서 일 년 동안 파견근무를 마치고 돌아와서 얼마 지나지 않아 둘째가 초등학교에 입학을 했다. 회사에 반차휴무를 내고 새로운 환경에서 출발하게 되는 딸을 축하해주기 위해 입학식에 참석했다. 베트남으로 가던 일 년 전만 해도 여섯 살의 정말 예쁜 아기 같은 모습이었는데, 초등학교에 들어간다고 하니 감회가 새로웠다.

입학식이 끝날 무렵 마지막 행사가 있었다. 선생님이 아이들에게 풍선을 하나씩 나눠줬다. 아이들의 꿈을 적어서 하늘로 풍선을 날리는 행사였다. 연경이가 그 당시 발레를 배우고 매우 좋아하고 있어서 '발레리나' 가 되고 싶을 거라고 생각했다. 고사리 같은 손으로 정성스레 풍선에 적은 글씨를 확인해봤다. 그런데 전혀 예상하지 못했던 것이 적혀 있었다. 연경이는 '한의사' 라고 적었다. 그리고 아내와 같이 잠시 기원을 하고 하얀 풍선에 까만 글씨로 또박또박 '한의사' 라고 적힌 풍선을 하늘로 날려 보냈다. 날아가는 풍선이 희미하게 시야에서 사라질 때까지 보면서 딸이 건강하게 학교생활을 잘 하고 꿈을 이뤄가길 기원했다. 여태껏 집에서도 한의사가 되고 싶다는 말은 한 번도 얘기한 적이 없었는데 전혀 뜻밖이었다. 아니면 내가 아이에게 관심이 부족했었는지도 모르겠다.

나는 하루하루를 무슨 목표로 살아가고 있으며 어떤 꿈을 갖고 있는지를 생각해보았으나, 무엇 하나 명확하게 떠오르지 않았다. 인생의 목표도 꿈도 없이 버티는 하루로 삶을 채워가고 있었다. 새해가 되면 계획을 세우기도 하고 간간이 일기를 쓰기도 했지만, 먼 길을 내다보고 인생을 살아가고 있지는 않았다. 일기노트를 펼쳐 보니 베트남에서 복귀하고 나서 읽었던 책의 문구를 써놓은 것을 보게 됐다.

'긍정적인 사고는 긍정적인 결과를 맺고, 부정적인 사고는 부정적인 결과로 나타난다.'

'사람이 완벽하게 조절할 수 있는 것은 세상에 딱 한 가지밖에 없다. 바로 마음가짐이다.'

노트에 써진 글을 보고 나는 어딜 목표로 어딜 향해서 나아가야 하는지를 생각해보기 시작했다. 긍정적인 마인드로 바른 마음가짐을 세우고 내가 원하는 것을 향하여 정진한다면 무엇도 이루지 못할 것이 없다. 얼마 전에 성공하기 위한 조건에 대한 글을 본 것이 생각났다. 성공하기 위해서는 간접경험을 많이 축적해야 한다. 그러기 위해서 책을 많이 읽으라고 했다. 최상의 컨디션을 유지하기 위해서 끊임없이 운동하라고 한다. 그리고 인생을 두 배로 살기 위해서 새벽에 일어나라고 했다.

이대로 허무하게 내 인생을 목표도 없이 허비하면 안 된다고 느꼈다. 누구나가 그렇듯이 나도 성공하고 싶고 부자가 되고 싶은 막연한 꿈은 있었다. 하지만 구체적으로 내가 원하는 미래를 위한 계획도 꿈도 없이 살아가고 있는 것이 현실이었다.

우선 노트에 작은 목표들과 계획을 세웠다. 그 때 세운 계획들이 지금은 일상이고 습관이 되었다. 새벽에 일어나서 일기를 쓰고 책을 읽으며 운동하고 하루를 시작한다. 이렇게 새벽을 지배하기에 내가 원하는 꿈들은 멀지 않은 미래에 나에게 반갑게 손짓하며 다가올 것이라고 확신한다.

책을 읽으며 메모해놓았던 글귀를 다시 만나게 되었을 때 그 글은 진정으로 내 가슴속에 불을 지폈고 꿈과 희망을 심어 주었다. 흔들리는 때가 있더라도 언제나 책 속에서 가슴으로 담은 글은 희망의 불이 꺼지지 않도록 단단하게 지켜준다.

02

지금 읽고 있는 책에서 길을 찾다

"책이 알려주는 길에서 꿈으로 가는 길을 발견할 수도 있다.
지금도 기회의 시간은 흘러가고 있다.
마음만 먹는다면 책과의 만남은 언제든 가능하다. 책 속에서 길을 찾아보자."

어떻게 인생을 살 것인가?

일반적으로 바쁜 일상에 쫓기듯이 살아가는 우리는 어떻게 살아갈 것인지를 깊게 생각해보지 않는다. 무엇을 목표로 어떻게 사느냐는 것은 매우 중요한 문제이다. 자신에게 질문을 던지기 어려운 것은 그런 시간을 갖지 못하기 때문일 수도 있다.

몇 년 전이었다. 마라톤 대회에 참석하기 위해 일찍 일어나서 식사하고 준비해서 5시가 조금 넘은 시간에 집을 나왔다. 광화문에서 열리는 대회는 8시가 출발이었다. 시간에 맞게 가기 위해서는 이른 새벽에 나와야 했다. 새벽 시간이라 아직 깜깜함에도 버스에는 여러 사람들이 타고 있었다. 일요일임에도 말이다. 아침형으로 살기 시작한 지는 그리 오래되지 않았기에 하루를 일찍 시작하는 것에 나름 자부심이 약간 있었다. 하지만 대회를 향하는 버스 안에서 보이는 세상은 다른 생각이 들게 했다. 무언가를 위해 일찍부터 활동하고 있거나 리어카를 끌며 폐지를 줍는 사람들을 보면서 말이다. 내가 새벽을 열며 부지런히 산다고 생각했지만 나보다 더 부지런한 사람은 많았다. '저 사람들은 무엇을 위해 살고 있을까?', '정말 부지런한 사람들이 많구나.' 라는 생각이 들었다. 그러면서 자연스레 나는 무엇을 위해 어떻게 살고 있는지 질문을 하게 됐다.

쑤린은 《어떻게 인생을 살 것인가》에서 하버드대 출신들의 이야기를 그렸다. 그들이 어떻게 자신감을 얻고 어떻게 역경을 이겨냈는지, 자아실현의 길로 이끈 하버드대 정신에 대해서 얘기하고 있다. 책을 읽고 나서 나는 인생을 어떻게 살아야 하는지 깊이 생각해봤다. 인생이란 단 한번 주어진 것이다. 그리고 그 주체는 나 자신이다. 운명을 바꾸기 위해서는 삶을 어떻게 살아갈 것인지에 대한 명확한 청사진이 있어야 한다. 그리고 스스로에 대한 믿음과 확신 또한 갖춰야 한다. 하고 싶은 것을 추구하는 자신감과 시련에 맞서 깨달음을 얻는 자세, 자신의 감정을 다스리며 잠재력을 이끌어 내야 한다. 삶의 주도권을 가지고 열정을 가득 채우고 삶에 맞서야 한다고 생각했다. 그리고 지금 당장 행동해야 한다. 내가 꿈꾸는 미래의 나를 만나기 위해서는 지금의 자리에서 열정을 가지고 시작해야 하는 것이다.

언제나 책을 읽고 나면 잔잔한 변화의 물결을 느낀다. 그 물결이 물결로만 그쳐서는 안 된다. 물결이 시초가 되어 진정한 변화가 시작되도록 해야 한다. 그것은 자신의 몫이다. 이런 변화가 삶에 크고 작은 흐름을 바꾸게 되고 적극적으로 인생의 목표를 향해 나아가게 만든다. 현재의 삶에 충실하며 행동하기 시작하는 것은 매우 중요하다. 충실한 삶은 그만큼 중요하다.

책장에는 내가 읽은 책과 읽히기를 기다리고 있는 책들로 가득하다. 책장을 보고 있자면 책들이 내게 말을 걸어온다. '내가 가진 지혜를 줄게.' '나를 읽으면 네 인생이 달라 질 거야.' '네 안에는 많은 길이 있어.' 모두 소중하게 내가 선택해서 구매한 책들이다. 물론 그 책 속에는 그들만의 명확한 지혜들이 가득하다고 생각한다. 그리고 삶을 살아낼 힘과 방향을 제시한다. 내가 매일 아침 책과 만나는 이유다.

썬팅업계의 1등 브랜드 루마썬팅 김우화 대표는 《나는 어떻게 1등 브랜드를 만들었는가》라는 책을 썼다. 그 책에 담긴 문구들은 앞으로의 삶을 살아갈 자세에 대해 되돌아보게 했다.

'아무도 가지 않은 험난한 길이었지만 두려워하지 않고 도전했더니

우리만의 새로운 길이 열렸다.'

'인생이든 사업이든 남들과 다른 생각을 해야만 자신이 원하는 결실을 얻을 수 있다.'

'거꾸로 생각해보고 다르게 시도해보면 새로운 기회가 열리게 마련이다.'

'무언가를 얻고 싶다는 친구들에게 남들이 가지 않은 길을 가라고 항상 조언한다.'

이 책을 읽고 남들과 다른 길을 가기로 마음먹은 자신을 다시 돌이켜보고 되새겨 봤다. 책을 쓰고 작가가 되어 나의 경험을 많은 사람들에게 전하려고 한다. 꿈과 희망을 잃고 사는 사람들에게 다시금 꿈과 희망을 세우도록 하고 감사함을 전하고자 한다. 나로 인해 인생을 바꿔가는 사람들의 세상을 꿈꾼다. 삶에서 내가 받은 것들을 전하고, 베푸는 삶으로 만들어 갈 것이다. 지금은 그 토대를 닦아가는 과정이다.

인생에서 지름길은 없지만, 올바른 길은 있다. 현대 사회의 많은 사람들은 지름길 같은 쉬운 방법을 좋아한다. 하지만 적당한 지름길을 선택한다고 해서 삶의 질이 향상되지는 않는다. '인생은 속도가 아니라 방향이다.' 라는 말이 있다. 의미 있는 삶이란 속도에 좌우되는 것이 아니다. 어떤 방향으로 무엇을 하느냐가 중요하다. 즉, 자신이 원하는 인생의 방향을 잡고 만들어 가야 한다.

《소중한 것을 먼저 하라》의 저자 스티븐 코비는 효율적인 시간 관리를 위한 새로운 패러다임을 제시하고 있다. 전통적인 시간관리 기법에서는 다른 사람으로 인해 일을 방해받는 일이 없도록 하라고 강요하지만, 타인과 상호의존적인 관계를 맺고 있다는 사실에 주목한 저자는 일보다 타인과의 교류를 중시하라고 강조한다. 삶의 질을 높이기 위해서는 원칙에 바탕을 둬야 하며, 미래의 비전을 만드는 방법과 올바른 시각을 갖추고 소중한 것을 먼저 하도록 방향을 제시하고 있다.

책을 읽고 내 삶의 비전과 소명에 대하여 다시 생각했다. 삶의 주인공은 여태까지 그랬던 것처럼 나 자신이다. 지금도 삶은 눈앞으로 펼쳐져서 내 옆을 스쳐 지나가고 있다. 한 순간도 헛되이 흘려보내서는 안 된다. 그러기 위해서는 효율적이고 철저한 시간 관리가 필요하다. 시간은 얼마든지 만들어낼 수 있다. 시간은 누구에게나 주어지는 24시간이라는 크로노스 시간이 있고, 스스로 주도하여 변화를 만들고 내가 선택하여 만들어지는 기회의 시간이라는 의미의 카이로스 시간이 있다. 무엇에 몰입하면 시간이 금세 지나가기도 하고, 하기 싫은 일을 피하려고 하면 시간이 지루하게 흘러간다. 기회의 시간이란 의미는 다시 돌이킬 수 없다는 의미이기도 하다. 후회가 남지 않는 인생을 위해서 시간 관리는 철저하게 해야 한다.

책을 읽으면 언제나 다양한 길이 보인다. 다양한 길에서 선택은 자신이 하는 것이다. 독서를 하지 않고 일상에 파묻혀 살아간다면 어떤 길도 제시받기 어렵다. 매일 아침 만나는 책들 속에서 안내받고 있다. 책이 알려주는 길에서 꿈으로 가는 길을 발견할 수도 있다. 지금도 기회의 시간은 흘러가고 있다. 마음만 먹는다면 책과의 만남은 언제든 가능하다. 책 속에서 길을 찾아보자.

03

책을 읽는 사람은 오늘 하루가 다르다

"책을 읽으며 하루를 시작해보자.
그리고 작심삼일이 되더라도 계속 도전해보자. 관심분야나 편안하게 읽을 수 있는 소설류라도 괜찮다. 책을 읽는 사람은 매일 성장해간다."

"오늘 하루는 어떻게 시작하셨나요?"

직장을 다니는 대부분의 사람들은 아침을 시작하는 모습이 비슷하다. 이르지도 늦지도 않은 시간쯤에 일어나서 부랴부랴 씻고 준비하고 출근을 한다. 시간에 쫓기듯이 하루를 시작하는 셈이다. 쫓기듯이 하루를 시작하면 온종일 그런 느낌으로 보낼 수밖에 없다. 아침에 계획된 시간보다 10분 정도만 당겨도 여유롭게 하루를 시작할 수 있지 않을까.

우리는 살아가면서 돈이 아니라 시간을 벌어야 한다. 세상엔 공평하지 않은 것들이 많지만 딱 한 가지는 공평하다. 바로 시간이다. 시간은 부자든 가난한 자든, 지위고하를 막론하고 하루 24시간이 똑같이 매일매일 주어진다. 시간을 어떻게 관리하고 사용하느냐에 따라 인생이 달라지기도 한다. 시간을 소중하게 관리하고 사용할 때 꿈과 성공으로 나아갈 수 있다. 시간을 허튼 일에 사용하거나 방치한다면 나중에 수확할 것이 없게 된다. 그리고 지나간 시간을 후회하더라도 돌이킬 수는 없다.

나의 하루는 새벽 4시에 시작된다. 명상과 일기도 쓰지만 새벽시간의 중심엔 항상 책이 있다. 누구에게도 방해받지 않는 나만의 시간이다. 독서를 하며 하루를 계획하고 힘차게 시작한다. 하루라는 시간을 계획하게 되면 그 시간들을 알찬 것으로 채울 수 있다. '건강을 잃으면 모든 것을 잃는 것' 이듯 '시간을 낭비' 하면 결국엔 후회만이 남을 것이다.

인간이 변화하기 위해서는 21일이 필요하다고 한다. '21일 법칙' 을 지켜야 나쁜 습관을 고칠 수 있다. 미국의 의사 맥스웰 몰츠는《성공의 법칙》에서 "무엇이든 21일간 계속하면 습관이 된다. 21일은 우리의 뇌가 새로운 행동에 익숙해지는 데 걸리는 최소한의 시간이다."라고 했다.

우리는 새해가 되면 계획을 세운다. 새해가 아니더라도 목표를 세운다거나 금연, 금주 같은 결심을 한다. 하지만 계획대로 지켜나가거나 결심을 이어나가기가 쉽지는 않다. 많은 사람들이 작심삼일의 경험을 한다. 그렇다고 해도 계획이나 결심을 하지 않는 것보다는 낫다. 작심삼일을 한 번으로 끝내지 않아야 하는 것이 중요하다. 작심삼일로 끝나더라도 완전히 포기하지 않고 계속 이어나가는 것이 중요하다. 작심삼일이라도 계속해나가는 사람이 그렇지 않은 사람보다 성공할 확률은 훨씬 크다. 작심삼일을 일곱 번 하게 되면 21일이 된다. 습관으로 익힐 수 있는 임계점에 다다를 수 있는 것이다.

아기를 낳으면 '삼칠일' 이라는 기간이 있다. 아기가 태어나고 21일간 외부인의 출입을 자제하고 바깥출입도 자제하는 것이다. 신생아의 입장에서 어느 정도의 면역력을 가지게 되고 세상에 적응하는 기간이다. 산모의 입장에서는 출산 후 몸의 기능을 대부분 회복할 수 있는 기간을 의미한다. 삼칠일 또한 어떤 변화와 회복을 위해서 걸리는 시간이 21일이라는 것을 보여준다.

'삶의 기적을 이루는 21일간의 도전' 이라는 부제가 달려 있는 윌 보웬의 《불평 없이 살아보기》를 읽었다. 세상에는 불평으로 넘쳐난다. 사람들은 불평이 문제 해결에 전혀 도움이 되지 않는다는 것을 인식하지 못한다. 습관처럼 불평을 말한다. 내뱉은 말로 공감대를 형성하고 싶은 것일까? 그런 것이 위안이 될 수 있을까? 듣는 상대방이 표현하지 않을 뿐 공감대나 위로 같은 것을 얻기는 어렵다. 긍정적으로 생각하고 말하는 것이 중요하다. 우리의 생각이 삶을 만들고, 말이 생각을 드러낸다는 것을 안다면 불평불만을 할 이유가 전혀 없다.

다른 미래를 만들어내려면 내가 반드시 다른 사람이 되어야 한다. 책을 읽으며 계획적으로 시작하는 하루는 그 시작이다. 보통 부자가 되거나 멋진 삶에 대해서 동경하고 희망한다. 하지만 살고 있는 지금을 바꾸지 않는 한 그런 미래는 절대 만날 수가 없다. 그럼에도 불구하고 변하려고 노력하지 않고 바쁜 일상에 젖어 하루하루를 보내 버린다. 앞뒤가 전혀 맞지 않는 것이다.

출근해서 업무 시작하기 전에 책을 읽고 있을 때였다.

"차장님, 일찍 나오셨네요. 책 읽고 계시는구나."

"응, K대리도 책 읽어봐."

"전 책 읽을 시간도 없어요. 언제 읽으세요?"

"어, 나는 일찍 일어나서 독서하고, 이렇게 자투리 시간에도 읽고 그래."

"아, 저는 피곤해 죽겠는데. 아침에 일찍도 못 일어나요. 차라리 더 자야죠."

책 읽기를 권하면 직원들은 대부분 시간이 없다고 한다. 조금만 관심을 갖고 시간을 만들려고 노력한다면 얼마든지 만들 수 있음에도 말이다. 일찍 일어나는 것이 어렵다면 저녁시간을 잘 활용할 수도 있다. 하지만 동료들과 각종 회식 등으로 시간을 허비해버린다. 술을 마시면서 나누는 대화는 주로 회사 얘기다. 잘 진행되지 않는 업무, 상사에 대한 얘기 등으로 불평을 쏟아내며 시간을 낭비한다. 우리의 인생 전체를 놓고 보더라도 시간은 유한하며, 그 시간을 낭비한다는 것은 안타까운 일이다.

책을 읽는 사람은 매일 성장해간다. 책을 읽으며 하루를 시작해보자. 그리고 작심삼일이 되더라도 계속 도전해보자. 관심분야나 편안하게 읽을 수 있는 소설류라도 괜찮다. 일단 시작하는 것이 가장 중요하다. 모든 일의 시작은 쉽지 않다. 그렇다고 무슨 일이라도 시작하지 않으면 아무것도 시작되지도 변화되지도 않음을 상기하자. 21일이 지나고 나면 독서 습관이라는 것이 당신에게 선물로 주어지지 않을까.

독서는 계획적인 삶을 가능하게 한다. 책을 읽는 것은 언제든 가능한 것이지만 누구나 하고 있지는 않다. 대부분의 독서가는 하루 중 언제 책을 읽을지, 어느 정도의 시간을 투자할지 등 자기만의 기준이 있다. 그런 기준은 하루를 계획하게 하고 균형 있는 삶이 되도록 한다. 책을 읽는 사람들의 하루가 다른 이유이다.

04

삶을 바꾸는 것은 바로 '독서'다

"책에는 삶을 바꾸는 기술이 있다.
긍정적 방향으로 삶을 이끌기 위해서는 독서를 해야 한다. 책을 읽으며 삶을 바라보는 태도가 바뀌기 시작했다. 이보다 더 행복할 수가 없었다."

'사는 동안 계속 사는 방법을 배워라'

후기 스토아 철학을 대표하는 세네카가 한 말이다. 우리는 평생 학습을 해야 하는 시대에 살고 있다. 많은 새로운 정보들이 날마다 쏟아지고 있지만 제대로 된 정보인지는 각자가 파악하고 판단해야 한다. 그런 판단력을 키우기 위해서는 무엇이든 배우고 공부해야만 한다. 배움 속에서 내면을 꿰뚫어 보고 판단할 수 있는 통찰력을 갖추게 된다.

병원에서의 생활은 내 인생의 터닝 포인트가 됐다. 오롯이 혼자만 보낼 수 있는 시간 속에서 지나온 삶을 되돌아보고 앞으로의 삶에 대해 고민해볼 수 있었다. 또한 책을 읽으면서 내가 가야할 길과 나를 기다릴 미래를 위해서, 내가 해야 할 일들에 대한 생각도 많이 했다. 먼 미래의 내가 과거의 나에게 감사한 마음을 갖기를 원한다. 우리에게는 매일같이 새로운 하루가 주어진다. 그 하루를 만드는 것은 어제의 나도 아니고 내일의 나도 아니다. 오늘의 내가 어떻게 하느냐에 따라 결정되고 만들어진다. 사람이란 누구나 편하고 쉬운 것을 원한다. 그냥 두면 나태해지기 쉽다. 스스로 컨트롤해야 한다.

《오늘을 사는 용기》를 쓴 자오싱은 책에서 이렇게 말한다.

"미래의 당신이 현재의 당신을 미워하지 않도록 해라."

"나는 지금도 내가 좋아하는 내가 되기 위해 노력한다."

인생을 살다보면 누구나 힘든 시기가 찾아온다. 그렇다고 해서 절망할 필요는 없다. 시련과 역경에 대한 두려움을 버리고 맞서 싸울 때 우리의 인생은 바뀌기 시작하는 것이기 때문이다. 책 제목처럼 오늘을 사는 용기를 가져야 한다. 꿈꾸는 미래를 만나고 싶다면 지금 어떻게 사느냐가 중요하다.

병상에 홀로 있으면서 처음에는 병원에 있는 처지를 비관하고 조심하지 못해 일어난 사고에 대해 후회를 많이 했다. 하지만 지나간 일은 이미 과거가 되었다. 현재를 비관하더라도 아무런 변화는 일어나지 않는다. 단지 비관하며 보내버린 시간만이 내 삶의 한 부분을 채워나가고 있을 뿐이다. 나도 용기를 내기로 했다. 비록 병원에 누워 있는 처지이지만 시간을 낭비할 수는 없었다. 많은 책들을 읽으며 위로를 받고 하루를 조금씩 바꿔 나가기 시작했다. 이보다 더 행복할 수가 없었다. 눈을 뜨자마자 책과 만나서 저자의 인생관과 경험을 만났다. 책을 읽으면서 삶을 바라보고 대하는 나의 태도가 바뀌기 시작했다.

퇴원하고 집에서 휴양하던 기간에 브렌든 버처드의 《메신저가 되라》를 만났다. 내 인생의 책이라고 할 수 있다. 저자는 자동차 사고를 겪으면서 인생의 전환점을 맞이했다. 오히려 사고는 큰 축복이라고 말한다. 사고를 당하던 순간 세 가지의 질문을 했다. '내가 과연 충실한 삶을 살았나?' '나는 사랑하며 살았던가?' '나는 가치 있는 존재였나?' 이 질문들이 저자를 운명까지 영원히 바꿔놓았고, 열정과 목적이 이끄는 길로 들어서게 했다. 이것을 많은 사람들에게 알리고 싶었던 것이 메신저로서의 삶을 시작한 계기가 됐다.

낙상 사고를 겪은 나는 동질감을 느끼며 크게 공감했다. 나 역시 사고를 겪으면서 많은 깨달음을 얻었기 때문이다. 사고가 나고 중환자실을 거쳐 수술을 받고나서 병실로 돌아왔을 때였다. 수술에서 회복하던 중이라 진통제로 겨우 버티고 있었다. 그 때 온몸으로 퍼지는 고통 속에서 주마등처럼 지나가는 과거의 기억들이 떠오르며 이렇게 생각했다.

'나는 왜 지금 여기에 있는 것일까?'

'나는 열정을 갖고 살아왔나?'

'이 사고는 나를 성장시키기 위한 것일 거야!'

'내가 숨 쉬고 있다는 것은 삶이 다시 주어진 거야!'

'다시 살게 되었음에 정말 감사해야 해.'

'이제부터는 한 순간도 헛되이 살아서는 안 돼.'

온통 후회와 자책으로 가득 차있던 마음속에서 진실된 질문과 다짐을 동시에 했다. 최악을 피했다는 하나의 사실만으로도 너무나 감사했다. 감사한 마음 또한 항상 잊지 않기로 했다. 우리가 느끼지 못하는 작은 것 하나에도 말이다.

브렌든 버처드처럼 사고로 깨달은 바가 컸다. 그렇기에 더욱 공감이 되었던 것이다. 책을 몇 번이고 반복해서 읽었다. 그러면서 나는 지금 이 순간과 이 인생을 놓치지 않기로 했다. 내 삶의 경험과 깨달음을 사람들에게 나누고 베푸는 삶으로 이끌어 가기로 마음먹었다. 그는 내 인생의 멘토이자 안내자가 된 셈이다.

어찌 보면 나는 사고를 계기로 책을 제대로 만났다. 취미의 독서에서 깨달음을 얻고 몰입하는 독서로 말이다. 책은 언제나 내 곁에서 인생의 안내자 역할을 할 것이다. 어떤 결정을 하거나 스스로의 성장을 위해서 독서와 함께 삶을 만들어 나갈 것이다. 이렇듯 책은 내 삶을 바꾸어 놓았다. 독서의 기술은 곧 삶의 기술이라고 할 수 있다. 삶을 소중히 여기고, 진실한 삶을 찾아가려고 노력한다면 더디더라도 확실히 바뀌어 간다. 삶을 변화시키는 독서는, 책 속에서 발견하고 깨달은 것을 삶에 충실히 담아내려는 노력이 꾸준하게 이어질 때 이뤄진다.

사고에서 회복하면서 읽기 시작한 책들은 한 권 한 권 쌓여갈 때마다 변화된 삶으로 나를 이끈다. 책에는 삶을 바꾸는 기술이 있다. 책에서 얻은 기술을 삶에 적용시켜 나가려고 한다. 긍정적인 방향으로 삶을 이끌기 위해서는 독서를 해야 한다. 방향을 잡으면 끝까지 해내는 힘을 발휘해야 한다. 독서는 제대로 된 방향으로 삶이 변화해가도록 안내해줄 것이다.

05

책 읽는 인생은 즐겁다

"꾸준히 책을 읽는 동안 즐거움과 유익함을 얻는다.
하루하루 읽어 나가는 책에서 나의 또 다른 인생이 만들어진다.
모든 성공의 바탕은 열정과 도전이듯이 책 역시 마찬가지다."

'서로 사랑하며 즐겁게 살자.'

거실에 걸려 있는 우리 집 가훈이다. '즐겁게 살자'는 예전부터 나의 좌우명이었다.

대학교 새내기 시절이었다. 대학생이 되면 기타를 꼭 배워보고 싶은 생각이 있었다. 그래서 클래식 기타 동아리에 가입을 했으나 분위기가 어색해서인지 제대로 활동을 하지 못했다. 기타를 배울 만한 동아리가 어떤 곳이 있는지 알아보는 중에 같은 과 동기가 노래 동아리에 같이 가자고 했다. 노래를 부르는 곳이니 기타도 배울 수 있겠구나 라는 생각으로 함께 '소리터'라는 민중가요 동아리에 가입을 했다. 동아리에 가입하고 보니 기타를 따로 가르쳐주는 것은 아니고 노래를 배우면서 기타는 스스로 연습해서 익혀가는 것이었다. 나 또한 나름대로 열심히 연습해보았지만 그렇게 실력이 향상되지는 않았다.

애초에 목표한 바는 이루지 못했으나 선배들과 동기들 간의 애정이 커져서 동아리 활동을 계속해서 열심히 했다. 일 년이 마무리되어 가던 즈음 동아리 방 테이블에 둘러앉아서 얘기를 했던 때의 기억이 난다. 선, 후배가 돌아가면서 자신의 얘기를 했었다. 그 때 여자 동기가 했던 말이 마음속 깊숙이 새겨졌다. '나는 항상 즐겁게 살려고 해. 무엇을 하든지 간에 즐겁게 사는 것이 중요하다고 생각해.' '즐겁게 산다.' 그 말이 뇌리에 강하게 전달되면서 알지 못하는 감흥이 내면에서 올라 왔었다. 그 이후로 내 삶의 모토는 '즐겁게 살자' 가 되었다. 즐겁게 살자는 것은 단순히 즐긴다는 의미도 있지만 매사를 긍정적으로 생각하며 살아가자는 의미도 포함하고 있다. 잘 지키며 살아왔다고 장담은 못하지만 언제나 즐거운 마음을 갖고 유지하려고 애쓰며 살아왔던 것은 사실이다.

내 인생 속에서 또 다른 즐거움을 만났다. 바로 책이다. 책은 다양하다. 시, 수필, 소설, 자기계발서, 의식관련서 등이 있다. 다양한 책을 읽으면서 스스로가 계속해서 성장해나간다. 작가의 경험을 통해서 책을 읽는 자신도 간접적으로 경험을 쌓을 수 있다. 성공 스토리를 읽으며 강한 동기부여를 받아 삶을 개척해나가는 데 도움을 받기도 한다. 의식에 관한 책은 자신의 의식을 크게 확장하고 성장하도록 해주기에 모든 일에 자기만의 색깔과 주장으로 주체적으로 살아갈 수 있는 힘을 만들어 준다.

회사에서 홈쇼핑의 오더를 진행할 때였다. 홈쇼핑은 방송시간이 사전에 정해져 있기 때문에 납기가 다른 어떤 오더보다도 중요하다. 방송을 했는데 소비자에게 판매할 제품이 없다면 이보다 더 큰 낭패는 없을 것이다. 오더를 진행하면서 이런 저런 사유로 생산이 딜레이 되었다고 해도 홈쇼핑 담당자는 납기를 조절해주지 않았다. 오히려 큰 소리를 치며 어떻게 해서든 납기를 맞추라는 식이었다. 이유가 어찌 되었던 간에 납기를 우선 맞춰야만 했다. 공장과 협력업체의 도움이 절실히 필요한 상황이었다. 원활하게 진행시켜 납기를 맞추기 위해서 공장으로 출장을 가게 되었다.

공장 안 기숙사에서 일주일을 보냈다. 공장과 기숙사가 가까우니 저절로 내가 확보할 수 있는 시간이 많았다. 그 시간들은 오롯이 내가 설계해서 사용할 수 있는 소중한 시간이었다. 출장을 가면서 여러 권의 책들을 가져 갔었다. 다섯 시에 일어나서 아침에 세 시간 이상 동안 책을 읽을 수 있었다. 점심 식사를 하고나서도 남는 시간은 독서를 하며 보냈다. 공장의 일과가 끝나고 다른 일정이 없으면 저녁 시간도 온전히 책을 읽을 수 있는 나만의 시간이 되었다. 침대에 앉아서 책을 읽으며 시간 가는 줄 모르고 몰입했었다. 업무를 시작할 시간이 다가올수록 읽지 못한 부분에 대한 아쉬움이 클 정도였다. 공장이 휴무인 일요일은 온 종일 책과 함께 할 수 있어서 위안이 됐다.

공장에 머무는 일주일이 되기도 전에 가져갔던 책을 모두 읽었다. 책을 더 준비해 가지 않았던 것이 살짝 후회가 들기도 했다. 책을 읽는 습관이 점차 만들어져 가고 있던 시기였는데, 출장에서의 일주일은 책 읽고 싶은 욕망을 한껏 크게 만들어 줬던 기간이기도 했다. 게다가 책에서 오는 즐거움을 한껏 느낄 수 있었다.

책을 읽는다는 즐거움과 유익함은 일일이 다 설명하기 어렵다. 하루하루 읽어 나가는 책에서 나의 또 다른 인생이 만들어져 가고 있는 것이다. 단순히 지식과 정보만을 얻는 것이 아니다. 책 속에서 또 다른 나를 만나기도 하고 새로운 인생의 방향을 고민하기도 한다. 꾸준하게 독서를 하다보면 하루가 다르게 성장해나가는 모습을 발견하게 된다.

바쁘게 살아가는 현대인들은 책 읽을 시간이 없다고들 한다. 하지만 관점을 조금 바꾸고 하루 일과를 생각해보면 얼마든지 자투리 시간을 활용해서 책을 읽을 수 있다. 메이지대학 교수 사이토 다카시는 화장실에서 읽는 책, 텔레비전을 보면서 읽는 책, 밥을 먹으면서 읽는 책

등으로 책의 역할을 정해놓고 여러 권을 동시에 읽는다고 한다. 처음부터 굳이 여러 종류의 책을 동시에 읽을 필요까지는 없지만 한 권의 책이라도 손에서 놓지 않고 읽어 나가는 시간을 만들어 낼 수 있다.

한 권의 책을 읽어 나갈 때마다 책은 항상 생활을 더 활력있게 만들어 주는 요소로 자리 매김한다. 비록 책을 읽고 얻은 것이 없다고 하더라도 나와 잘 맞지 않는 것일 뿐이다. 모든 책이 메시지를 던져 주는 것은 아니다. 한 권의 책에서 한 문장이라도 얻는다면 그 책은 자신의 소임을 다한 것이라고 할 수 있다. 그렇게 눈처럼 소복소복 쌓이다보면 책 읽는 즐거움은 배가된다.

인생은 자신의 기분이나 감정을 어떻게 조절하느냐에 따라 길이 바뀌기도 한다. 항상 좋은 기분과 감정 상태를 유지해야 한다. 하루를 보내면서 모든 것에서 긍정적인 요소와 기쁨을 찾도록 노력해보자. 단번에 바뀌기는 어렵다. 하지만, 책 속에서 계속 동기부여를 받게 되면 하고자 하는 동력을 잃지 않을 수 있다.

인생을 즐겁게 살고 싶은가? 그러면 독서를 시작해보자. 책 속에서 얻는 것들로 생각을 바꾸고 비전을 갖게도 되지만, 읽는다는 자체에서 행복함을 느낄 수가 있다. 모든 성공의 바탕은 열정과 끊임없는 도전이듯이 책 역시 마찬가지다. 꾸준히 읽어 나가는 열정을 유지할 때 인생 또한 즐거워질 수 있다.

06

책은 인생의 영양제이다

"살다보면 몸에 영양제가 필요한 것처럼,
마음에도 영양분이 필요하다. 책을 읽으면 마음속에 영양분이 쌓인다.
그렇게 쌓인 영양분은 삶을 지혜롭게 헤쳐 나가도록 돕기도 한다."

인간에게는 물과 공기가 생명을 유지하는 데 절대적으로 필요한 것이다. 하지만 물과 공기의 소중함에 대해서 느끼고 감사한 마음을 가지는 사람은 거의 없다. 공기가 없으면 당장 호흡을 할 수 없어서 생명을 잃게 되고, 체내 수분이 부족하게 되더라도 생명을 오랫동안 유지할 수 없다.

건강을 생각해보자. 사람들은 소중한 것들에 대한 소중함을 잊고 살고 있다. 건강의 중요성을 잘 알면서도 그것을 유지하거나 향상시키기 위한 노력은 게을리 한다. 오히려 건강을 잃고 나서야 그 소중함을 깨닫는다. 그때는 이미 늦었을지도 모른다. 후회한다고 해도 소용없다. 더 늦기 전에 건강을 위해 투자해야 하는 이유다. 평소에 건강을 유지하고 지키기 위해서 노력해야 한다.

건강과 체중 조절을 위해서라며 마라톤을 해왔다. 물론 자기만족을 위한 취미생활이기도 했다. 하지만 달리기만 했을 뿐 진정으로 내 몸을 생각하고 건강을 생각하지는 못했다. 그랬다면 음식을 함부로 먹거나 하지는 않았을 것이기 때문이다. 오히려 운동을 하고나서 보상적 차원으로 몸에 좋지 않은 음식을 아무거나 먹기도 했다. 인생을 살아가면서 모든 일은 계기가 필요할지도 모른다. 낙상사고는 내게 그러한 계기가 되었다. 몸을 다치고 회복하는 과정에서 진정으로 건강의 소중함을 깨달았다. 하루하루 내가 볼 수 있고, 느낄 수 있고, 맛볼 수 있는 것에 감사했다. 책 또한 마찬가지다. 위기의 순간에 혜안으로 헤쳐 나갈 수 있으려면 평소에 독서를 꾸준히 해야 한다. 무엇이든 닥치고 나서는 이미 늦은 때이다.

현대인은 먹는 음식만으로는 필요한 영양소를 충분히 골고루 섭취하기 힘들다. 그렇기에 각종 영양제나 비타민류를 섭취해야 한다. 아내는 항상 이에 대해 강조하면서 영양제 섭취를 권했으나 챙겨서 먹지 않았다. 사고가 나고 병원에서 여러 검사를 하면서, 거기에서 나타난 각종 데이터를 확인하고 나서야 알게 됐다. 부족한 영양분을 채우기 위해서는 보조 영양제를 섭취해야 한다는 것을 말이다. 이후 회복과정을 거쳐 지금까지도 매일 식사와 함께 영양제를 몸에 보충해주고 있다.

책은 정신과 마음을 살찌우는 종합영양제다. 몸에 영양분을 제대로 공급하지 않으면 건강에 문제가 생기듯이, 마음에 영양분을 제대로 공급하지 않으면 고스란히 현재나 미래세대에 영향을 미치게 된다. 물론 책을 읽지 않는다고 해서 당장 큰 문제가 되지는 않는다. 누적된 영양분 결핍은 큰 병의 원인이 되기도 한다. 그렇듯이 책과 멀리하여 마음의 영양분이 고갈되면 삶이 힘들어지는 순간이 온다. 사고에서 기적과 같이 회복했다. 그것은 책을 읽으며 조금씩 누적했던 영양분을 바탕으로 긍정적인 시선으로 삶을 성찰할 수 있었기에 가능했다. 회복하는 과정에서도 책 속에서 삶의 의지와 희망을 키웠다. 그러한 것들이 훌륭한 마음의 자양분이 되었다.

책은 인간이 만든 유산 중 가장 위대한 것이라고 생각된다. 책에는 수백 년, 수천 년을 미리 살았던 조상들의 삶이 그대로 녹아 있다. 셀 수도 없는 많은 사람의 경험과 철학이 담겨 있다. 책을 읽으며 자신이 가진 지식과 경험에 많은 사람들의 지식과 경험을 더한다면 자기만의 삶의 지혜를 얻을 수 있다.

성공한 사람들은 모두 독서광이다. 독서를 통해서 생각의 바다를 넓히고 확장시키는 데 게을리 하지 않았다. 책이 주는 혜택과 중요성은 아무리 강조해도 지나치지 않다. 하지만 여전히 대한민국 평균 독서량은 아주 저조하다. 주변에서 책을 읽는 사람들을 찾기가 쉽지 않다. 지하철을 타도 대부분의 사람들은 한 손에 스마트폰을 쥐고 들여다보기에 바쁘다. 하루일과 중에서 책을 읽을 시간은 얼마든지 찾고 만들 수 있다. 사람들이 책을 읽지 않는다는 것은 그만큼 독서의 중요성과 효과에 대해 제대로 알지 못하기 때문일 수도 있다. 단순하게 생각하면 된다. 책을 읽으면 성공할 수 있다. 아니 적어도 성공으로 갈 수 있는 확률이 높아진다. 이것만으로도 책을 읽기 위한 충분한 이유가 되지 않을까?

삶을 살아가면서 온갖 고난과 역경에 부딪히게 된다. 살아간다는 것은 이러한 역경과 시련들을 이겨내고 극복해나가는 과정이다. 시련이 닥쳤을 때 긍정적 시선으로 바라보고 온몸으로 받아들여야 한다. 그럴 때 시련에서 벗어날 수 있을 뿐 아니라 더 나은 삶으로 이끄는 원동력이 된다. 이러한 힘을 회복탄력성 즉, 마음의 근력이라고 한다. 책은 어떠한 시련에도 이겨낼 수 있는 힘이 되어준다. 긍정적 마인드를 갖게 되면 시련 속에서도 헤쳐 나갈 수 있다. 꾸준한 독서가 어려움 속에서도 긍정적인 생각을 유지하게 하는 것이다.

결혼을 하고 1년 만에 첫째 아이가 태어났다. 첫 출산임에도 아내는 출산과정을 잘 이겨내고 건강한 아이를 낳았다. 우리는 아이가 처음이어서 모르는 것이 너무 많았다. 자연분만으로 아이를 낳고 3일 뒤에

퇴원하면서 간호사가 황달 수치는 연락이 따로 간다고 했다. 토요일 오후쯤 병원에서 연락이 왔다. 황달수치가 18로 높으니 종합병원에서 입원 치료를 받으라고 했다. 예전에는 황달로 사망하는 경우도 있다는 정도만 알고 있었기에 대수롭지 않게 생각하고 주말을 집에서 보냈다. 월요일 날 집 근처 소아과에 들러 검사를 했더니 황달수치가 23이란다. 당장 종합병원으로 가지 않으면 안 된다고 얘기했다. 그렇게 아내는 태어난 지 일주일도 되지 않아서 아기와 생이별을 해야 했다. 담당의사는 황달수치가 23이나 되는 경우는 1년에 전국적으로 몇 명 되지 않는다고 얘기했다. 주말 동안에 병을 키운 셈이었다.

내가 아이한테 무슨 짓을 했는지 심하게 자책할 수밖에 없었다. 아들은 그렇게 일주일 동안 신생아 중환자실에서 집중치료를 받아야 했고, 면회는 점심시간에 10분만 허용되었다. 인큐베이터 안에서 안대를 하고 있는 갓난아기를 볼 때마다 죄스러웠다. 눈물로 하루하루 보내는 아내에게도 위로가 되어 줄 수 없었다. 인터넷으로 황달에 대해 알아보니 여러 가지 가능성이 있었다. 내가 할 수 있는 일은 그저 기도뿐이었다. 치료가 잘 되고 나쁜 가능성이 일어나지 않기만을 기도했다. 다행히도 아이는 잘 회복하고 정상으로 돌아왔다. 아기에게는 작은 것 하나 세세히 신경 쓰지 않으면 안 된다는 것을 알게 됐다. 출산을 준비하면서 출산관련 책을 읽고 정보를 알고 있었더라면 이렇게 대응하지는 않았을 것이다. 잠시 후회를 하기도 했지만 이미 지나간 일이다. 잊기로 했다. 아이를 잘 키우기 위해서 서점으로 달려가 갓난아기를 키우는 데 필요한 모든 정보를 담고 있는 책을 샀다. 한 번의 실수를 더 이상 반복하지 않기 위해서 말이다.

우리는 살면서 직접 경험을 통해서 배우고 성장한다. 하지만 모든 것을 경험하기는 어렵다. 그런 부분을 보충하기 위해서는 책을 읽어야 한다. 아이에게 중대한 일이 생긴 경험으로 황달에 대한 정보를 수집하고 알게 되었다. 한 번도 아이를 키워본 경험이 없었던 내가 미리 책 속에서 정보와 경험을 배웠다면 병을 더 키우지도 않았을 것이고 좀 더 잘 대처할 수 있었을 것이다. 책 속의 정보나 지식은 미리 준비한다면 무엇과도 바꿀 수 없는 영양제임에 틀림없다.

아기가 태어나면 각종 예방접종을 한다. A형 간염, B형 간염, 홍역, 볼거리, 풍진, 뇌수막염, 일본뇌염 등이다. 어느 하나라도 빠트리면 안 된다. 예방이라는 것은 사전에 미리 악화되는 것을 차단한다는 의미다. 이렇게 신생아에게 예방접종을 하는 것도 모두 경험에 의해 알게 된 것이다. 물론, 과학적으로 연구와 개발이 따른 것은 당연하다. 겨울이 다가오면 보건당국에서는 독감 예방주사를 맞으라고 홍보한다. 특히 면역력이 약한 어린아이나 노약자 분들은 꼭 하라고 얘기한다. 인생을 살아가기 위해서도 이러한 예방이 필요하다. 바로 독서가 필요한 이유다.

인생은 크고 작은 어려움들로 가득 차 있다. 이러한 어려움들을 슬기롭게 극복해나가기 위해서는 미리미리 예방을 해야 한다. 미래를 위해 지금의 상황에서 대비하는 것이다. 독서는 하루하루 소비되는 영양소처럼 하루를 살아가는 힘이 된다. 책을 읽으면 읽을수록 그 영양분은 많이 누적되어 쌓인다. 이렇게 쌓인 영양분은 성공으로 안내하기도 하고, 삶을 지혜롭게 헤쳐 나가도록 돕기도 한다.

07

오늘 읽은 책이 나의 미래다

"책이 모든 답을 주는 것은 아니지만, 삶을 만들고 이뤄내는 힘이 된다.
오늘 내가 읽는 책은 내 미래와 연결된다.
독서를 하루의 최우선 순위에 넣자. 삶이 바뀌는 계기가 된다."

4차 산업혁명이 요즘 화두가 되고 있다. 자본이 중요한 시대에서 재능이 중요한 시대가 되어 가는 것이다. 얼마 전 뉴스에서 4차 산업혁명에 대해서 다뤘다. 스마트 공장이 확산되면서 바야흐로 인간과 로봇이 일자리 경쟁을 하게 되었다고 한다. 독일의 한 신발공장은 최근 동남아에 있던 생산기반을 독일로 옮겼다. 그 후 신발 한 켤레를 생산하는 데 3주가 걸리던 것이 5시간이면 가능하게 되었다. 동남아 공장의 인력은 600명이었는데 반해 독일 공장에는 10명이 일하고 있다고 한다. 우리나라의 예도 들었다. 식자재를 분류하는 물류센터 사례다. 제품의 모양과 크기가 제각각이어서 지난해까지는 사람이 일일이 구분했었다고 한다. 그런데 지금은 100여 개 센서가 상품 위치를 정확히 일렬로 맞추고, 인식 장치를 통과시켜 어디에 얼마나 보낼지를 입력된 데이터에 맞춰 분류한다. 앞으로는 없어지는 것과 새로 생겨나는 것으로 일자리 대책을 세워야 한다고 정부 관련자가 얘기했다.

인공지능 로봇이 앞으로는 인간의 일을 점차 대체해나갈 것이다. 따라서 많은 직종들이 사라지게 된다. 미래에는 두뇌를 사용하는 지식 기반의 일자리만이 살아남게 될 것이다. 이렇게 변화해가는 시대에 사는 우리는 미리 대비하고 준비해야 한다. 그 대안이 책이라 할 수 있다.

책은 인간의 경험과 지혜를 후세에게 전달해온 매개체다. 이와 동시에 미래로 이어지는 끈과 같은 역할을 한다. 독서를 하게 되면 여러 상황이나 여러 인물들을 만나게 되면서 많은 간접 경험을 하게 된다. 삶을 살아가면서 겪게 될 많은 상황 속에서 어떻게 대처해야 할지를 습득하게 된다.

나는 아마추어 마라토너다. 회사 동료의 우연한 제안으로 시작하게 된 마라톤은 부침은 있었지만 어느덧 내 삶의 한 부분이 되었다. 그렇게 될 수 있었던 데는 여러 가지 이유가 있다. 마라톤은 혼자서 하는 고독한 운동이다. 달리면서 온전히 혼자서 생각할 수 있는 시간을 가질 수 있다. 그날의 계획과 일정을 생각하기도 하고, 중기적이거나 장기적인 계획도 떠올리며 다짐을 하기도 한다. 매일같이 달리지는 않지만 이틀이 지나면 뭔가 허전한 느낌이 들 정도다. 달리기가 그만큼 중요한 부분이 되었다. 꾸준하게 달리는 것을 이어가기 위해서는 생활의 습관화가 필요하다. 달리기를 중단하게 되면 우리 몸은 아주 빨리 달리지 않을 때의 모습으로 돌아간다. 달리면서 단련된 근육들이 금세 퇴화하는 것이다. 다시 시작하려면 달리는 근육들을 되살리기 위한 시간이 또다시 필요하게 되는 이유다.

독서 또한 마찬가지다. 습관처럼 책을 손에 잡기 위해서는 노력이 필요하다. 매년 새해 계획엔 독서가 있었다. 하지만 습관처럼 책을 읽을 수 있게 되기까지는 상당한 시간이 걸렸다. 스마트폰이 일반화된 지금은 그로 인해 생활 속의 방해 요소가 더 많아졌다. 세상에 노력이 필요하지 않은 일은 없다. 그렇지만 독서만큼 작은 노력으로 시작하기 쉬운 일도 없을 것이다. 그럼에도 점점 독서하는 사람들이 줄어든다는 것은 진정 독서의 가치를 모르기 때문이 아닐까?

카페를 가든 지하철이나 버스 안에서든, 책을 읽고 있는 사람들을 발견하기는 쉽지 않다. 얼마 전 10년 만에 한국을 방문한 세계적인 동기 부여가 브라이언 트레이시의 강연을 들으러 갔을 때였다. 티켓을 받고 입장하기 위해 많은 사람들이 줄을 서 있었다. 그 곳에서 기다리는 사람들을 둘러보다 보니 이제까지 보지 못한 풍경이 눈에 띄었다. 많은 사람들이 기다리는 시간 동안 책을 읽고 있었다. 그런 모습을 보면서 이런 생각이 들었다. '자기계발을 위해 이런 강연을 들으러 찾아오는 사람들은 역시 다르구나.' 평소에 보아 왔던 사람들과 부류가 다르다는 생각이 들었다.

인간의 성장에 있어서 환경의 중요성은 항상 강조되어 왔다. '맹모삼천지교'는 그 일례이다. 맹자가 어릴 적에 집 주변에서 보고 들은 것을 그대로 따라하며 노는 것을 본 맹자 어머니 얘기다. 무덤 옆에서 살다가 시장 옆으로 이사하고, 시장 옆에서 다시 학당 옆으로 이사를 했다는, 모두가 다 아는 얘기다. 그 얘기는, 인간은 보고 듣는 것을 통해 배운다는 것을 보여 준다. 그리고 어떤 사람들과 어울리느냐에 따라서 성장할 수도 있고 타락할 수도 있다. 비단 학창 시절에만 중요한 것은 아니다. 성인이 되어서도 어떤 부류의 사람과 함께하는지는 매우 중요하다. 주변에 책을 읽는 사람이 없다면 대부분의 사람들은 살던 대로 살아갈 것이다. 지금의 방향이 맞는지 고찰할 필요도 느끼지 못할 수도 있다. 그만큼 환경이 중요하다.

독서는 다가올 나의 미래를 만들어가는 밑거름이 된다. 그럼에도 많은 사람들이 책을 읽지 않는다는 것은 아이러니한 일이다. 나는 많은 시도를 거듭했다. 그 결과 책이 잘 읽혀지는 시간, 장소를 찾을 수 있었다. 독서를 삶의 일부분으로 만들기 위해서는 다양하게 접근하며 시도하는 것을 권한다. 우리가 조금만 신경을 쓴다면 책을 읽을 시간은 얼마든지 만들어낼 수 있다. 하루를 생각해보라. 어쩌면 의미 없이 허비되는 시간이 얼마나 많은가? 그런 시간들을 얼마나 줄이느냐에 따라 인생이 달라질 수 있다. 그 시간을 독서에 투자한다면 더 큰 차이가 생길 것이다.

자신의 미래와 다가올 삶은 스스로가 만들어 가는 것이다. 미래를 대비하기 위해 책은 가장 효율적인 방법이다. 투자대비 가치는 비교할 만한 대상이 없다. 오늘 읽는 책이 꿈을 펼치고 이루게 한다면 그 가치는 무한대에 이를 것이다. 그만큼 가치가 있는 일을 우리는 너무나 가볍게 여겨왔다.

얼마 전 신문에 '종이책의 반격? 오프라인 서점이 다시 는다' 라는 제목의 기사를 봤다. 오프라인 서점의 본격적인 부활이라고 보기는 어렵지만 국내 3대 오프라인 서점이 운영하는 매장의 30%가 2016년 이후에 문을 열었을 정도로 회복세를 보이고 있다. 해외 출판시장에서도 스마트 기기에 대한 피로감이 커지면서 책장을 직접 넘기며 즐길 수 있는 종이책에 대한 회복세가 뚜렷하다고 한다.

정말로 반가운 기사였다. 아직 주요 출판사의 매출 신장은 미미하지만 내실은 튼튼해지고 있다고 한다. 대형서점뿐만이 아니라 예전처럼 군소서점들이 각 도시와 동네에 생겨나기를 희망한다. 우리가 사는 가까이에 있는 서점은 그만큼 책과 만날 수 있는 자연스런 환경이라고 생각한다. 큰마음을 먹고 가야하는 대형서점 대신에, 가까운 곳에 서점이 있어서 읽고 싶은 책이 있을 때 당장 달려가서 구할 수 있게 되었으면 한다.

오늘 하루에 집중하고 충실하게 살아야 한다. 그 충실함이란 그냥 살아내는 것만을 의미하지 않는다. 계획과 목표가 있고 그것을 향해 매진할 때 충실하게 산다고 할 수 있다. 하루의 일과 속에 독서를 넣어보자. 책이 모든 인생이나 사건에 답을 주는 것은 아니겠지만 삶을 만들어가고 이뤄내는 힘을 축적시킬 수 있다. 그 축적된 힘으로 미래를 활짝 열어젖힐 수 있으리라.

오늘 읽는 책이 내 미래와 연결된다는 사실을 기억하자. 이 사실만으로도 독서를 멀리하면 안 되는 한 가지 이유가 생긴다. 독서를 하루의 최우선 순위에 넣자. 삶이 바뀌기 시작하는 계기가 되리라고 확신한다.

삶 을
바꾸는
기 술

CHAPTER
03

제3장
독서로 기존의 '성공공식'을 뒤집어라

01

기회는 준비된 자에게 온다

"기회는 거지의 모습으로 온다는 말이 있다.
좁은 시야로는 기회를 발견하지 못할 수도 있다. 책으로 넓힌 시야는 기회를
놓치지 않게 해줄 것이다. 책을 읽으며 시야를 넓히자."

모든 리더는 리더다(All Leaders are Reader) 라는 이야기가 있다. 책을 많이 읽는다고 해서 모두 리더가 되는 것은 아니다. 하지만 대부분의 성공한 리더는 책을 많이 읽는다. 그렇다면 성공한 리더는 왜 책을 많이 읽을까? 독서에는 인생의 큰 꿈을 꾸게도 해주고 끊임없이 노력하는 삶을 가능하게 해주는 힘이 있기 때문이다. 책을 많이 읽은 리더가 성공할 수 있었던 이유이기도 하다.

인생을 살아가면서 수많은 갈림길을 만난다. 그리고 우리는 항상 선택을 한다. 그 선택에 따른 결과가 현재일지도 모른다. 사회적으로 '선택과 집중' 을 강조하고 있다. 한 분야의 전문가로 인정받기 위해서

는 선택한 것에 에너지를 집중해야 한다. 그러면 성공할 수 있고 다른 사람을 리드할 수 있다. 하루가 다르게 변하고 발전해가는 현대 사회에서 살아남기 위해서 많은 길을 찾고 배워야 한다. 다양한 선택의 기회를 자신에게 주기 위한 가장 좋은 방법은 책을 읽는 것이다.

많은 사람들이 독서를 취미로 생각한다. 물론, 재미있는 소설이나 수필집을 읽을 수도 있다. 하지만 독서의 본래 의미는 학습이다. 책을 통하여 지식을 얻고 지혜를 만들어 가는 것이다. 혹자는 책을 읽는 습관을 만들기 위해서 만화책도 괜찮다고 말한다. 나는 이 말에 동의하지 않는다. 자신의 상상력을 동원해서 그림과 영상을 만들어 가며 책을 읽어야 한다고 생각한다. 처음에는 얇고 어렵지 않은 책으로 시작하는 것이 좋다. 한 권의 책을 읽었다는 만족감과 성취감을 얻고 지속적으로 읽을 수 있게 되는 좋은 방법이다. 한 권의 책을 읽었다고 해도 책의 모든 내용을 이해하거나 기억하기는 어렵다. 그렇지만 한 가지의 메시지라도 얻을 수 있다면 그 책은 자신의 성장에 충분한 역할을 한 셈이다.

스티븐 코비의 《성공하는 사람들의 7가지 습관》에 이런 문구가 있다.

"삶에서 일어나는 사람이나 사건을 바꿀 수는 없지만 그 사건에 대해 어떻게 생각하고 반응할지는 우리가 선택할 수 있다."

삶을 살아가는 데 있어서 주도적으로 임해야 한다. 같은 상황에서도 어떤 선택을 하느냐에 따라 판이하게 달라질 수 있다. 내가 어떻게 할 수 없는 것들에 대한 신경은 끄고, 내가 바꾸거나 선택할 수 있는 것에 집중해야 한다. 불평을 하는 대신 그 안에 어떤 기회가 있는지 생각하고 행동해야 한다. 나를 바꾸기 위해 스스로 선택할 수 있는 것 중의 하나가 독서다. 삶은 우리가 무엇을 읽었느냐에 따라 달라질 수 있다. 좋은 책을 읽으면 많은 기회를 발견할 수 있다. 그 기회는 우리의 삶을 바꾸고 더 나은 삶으로 이끌어 준다.

요즘 시대는 창의성을 요구한다. 인문, 과학 등 어느 분야에서건 창의적 인재를 최고로 생각한다. 우리가 보내는 일상 속에서도 창의성은 얼마든지 발현할 수 있다. 우리는 해보지 않았던 일들에 대한 두려움을 모두 갖고 있다. 바꿔 말하면 익숙한 것들 이외의 것에는 관심을 갖지 않는다. 바꾸거나 변화를 시도하지 않는다. 그런 습관에서 벗어나 조금만 다른 관점으로 생각하거나 시도한다면 창의력이 발휘될 수 있다. 즉, 같은 물건이나 상황에서 남들과 다른 시야로 바라보거나 생각하는 것이 창조적인 아이디어의 시발점이 된다. 남들과 다른 시야를 갖게 해주는 것이 바로 독서다. 책 속의 다양한 지혜와 스토리는 스스로 생각하는 힘을 갖게 한다. 누적된 힘은 창의력으로 발현된다.

얼마 전에 처음으로 트레일 러닝 대회에 참가했다. 동두천에서 열린 대회로 국제대회였다. 새벽 5시에 출발하기에 전날 저녁 도착해 대회가 열리는 동두천에서 1박을 했다. 동두천 종합운동장을 출발해서 천보산, 왕방산, 어등산 등 주변 5개의 산을 넘는 코스였다. 12시간 30분을 달려 오후 5시 30분에 결승점에 도착했다. 트레일 러닝은 러닝백과 스틱, 안전장비 등이 필수이다. 대회 주최 측에서는 사전에 장비점검까지 했다. 그 동안엔 일반도로만 뛰는 달리기를 해왔는데, 트레일 러닝에 참여해보니 완전히 다른 세계였다. 다리에 쥐가 나고 넘어지기도 했다. 긴 시간을 달리면서 나를 돌아보는 계기도 됐다. 각 CP에서 제공해주는 음식, 응원해주는 분들에게 너무 감사했다. CP가 가까워짐을 알려주는 반가운 방울소리는 잊을 수가 없다. 트레일 러닝 대회를 신청하고 준비하는 과정이 없었더라면 느끼지 못했을 일이다. 트레일 러닝에 도전했기 때문에 새로운 영역을 경험하고 더 넓은 시야를 갖고 달리기를 바라보게 됐다.

독서 역시 그렇다. 지금까지 살아오면서 책을 읽지 않았다고 하더라도 오늘부터 시작해보자. 누구에게라도, 어떤 일이라도 처음이란 것은 있다. 그 처음이 오늘이었으면 한다. 아무리 좋은 것이라고 하더라도 시작하지 않으면 아무런 일도 일어나지 않는다. 책을 읽지 않으면 책에서 오는 유익함들을 스스로 버리는 것이나 마찬가지다.

나는 마흔이 넘어서 책의 가치를 알게 됐다. 그리고 독서는 습관이 됐다. 늦은 나이에 독서의 유익함을 알게 된 것에 안타까운 마음이 들었던 것도 사실이다. 하지만 지금에라도 가치를 알게 되었음에 감사한 마음이다. 아직도 내게 인생의 많은 시간이 남아 있다. 그 시간들을 책과 함께 할 수 있기 때문이다.

사람들은 항상 많은 기회를 원한다. 그런데, 기회는 준비되지 않은 자에게는 오지 않는다. 행운은 준비와 기대의 접점에서 만날 수 있다. 기회라는 행운은 평소에 기대를 갖고 준비를 하는 사람만이 얻게 된다. 독서로 기회를 만날 준비를 하자. 책에서 만나는 많은 지혜를 통하여 아이디어를 구상하고 기회를 만들어 갈 수 있다. 책을 읽으며 시야를 넓히자. 기회는 거지의 모습으로 온다고 한다. 절대 좁은 시야로는 발견하지 못할 수도 있다. 책으로 넓힌 시야는 기회를 놓치지 않게 해 줄 것이다. 의지보다 무서운 것이 습관이다. 성공하는 습관을 장착하자. 독서는 그 중 최고의 방법이다.

02

읽는 만큼 성장한다

"독서란, 책이라는 바다에 빠져서 한 자 한 자 읽어나가는 중에 나를 바꿀 수 있는 단 하나의 문장을 찾는 것이다. 그렇게 찾다보면 우리는 자연스레 성장의 길로 인도되는 것이다."

사람들은 무언가 계기가 있을 때 달라지겠다고 생각한다. 지금 자신이 제대로 살고 있는지 확신이 없을 때, 하루하루 의미 없는 일상이 반복될 때 변화를 꿈꾼다. 하지만 정작 달라지는 사람은 많지 않다. 대부분은 자신이 원하는 모습이나 삶이 어떤 것인지조차 제대로 알지 못하기 때문이다. 목적지를 모르니 가는 길도 알 수 없다. 결국 사람들은 같은 삶을 살아간다. 생각은 하지만 시도조차 않는 경우가 대부분이기도 하다. 그렇다면 지금보다 더 나은 자신이 되려면 어떻게 해야 할까?

자신이 성장할 수 있고 변화할 수 있다고 생각한다면 책을 읽어야 한다. 옛날부터 많은 사람이 '성장'의 가장 좋은 방법으로 독서를 꼽았다. 책에는 이미 나와 같은 고민을 했던 사람들의 치열한 고뇌와 답이 담겨 있기 때문이다. 그런데 '책을 읽어야 한다'는 말을 그토록 많이 들었음에도 사람들이 독서를 하지 않는 이유는 무엇일까? 시간이 없어서? 독서보다 의미 있는 일들이 있어서? 아마도 가장 큰 이유는 바로 '책을 통해 변화해본 경험이 없기 때문'이다.

담배나 술이 건강에 좋지 않다는 것은 누구나 안다. 그럼에도 금연이나 금주를 시도조차 않는 경우가 많다. 건강을 위해서 운동을 해야 한다고 생각하면서도 질병과 같은 심각한 상황이 닥치지 않는 한 대부분 운동을 하지 않는다. 어쩔 수 없이 해야 하는 절박한 상황이 되어서야 사람들은 그간의 습관을 바꾸기로 결심한다. 그런 상황이 닥친 경우는 이미 늦어버린 상태일 수도 있다. 미리 미리 대비하기 위해서라도 나쁜 것을 끊어내고 좋은 것을 시작해야 한다.

독서도 마찬가지다. 책을 읽는다는 것은 마음에 양식을 쌓는 일이다. 우리가 책을 읽지 않는다고 해서 세상을 살아가는 데 아무런 문제가 되지는 않는다. 다만, 변화하거나 성장이나 발전이라는 것을 기대하기 어려운 것이다. 바쁜 일상으로 책을 읽을 시간이 없다고 한다면, 어쩌면 그것은 자기의 인생을 방치하는 일일 수도 있다. 자신의 인생은 누구도 대신할 수도 없고 책임을 지지도 않는다. 오로지 스스로가 책임져야 한다.

지금 현재의 상황에서 바로 책을 읽어야 하는 이유는 그것이 변화가 시작되는 단서가 되기 때문이다. 더 나은 삶으로 가는 것을 마다할 사람이 있을까? 아무것도 하지 않고 꿈과 같은 미래를 기대해서는 안 된다. 변화된 삶을 위해서는 절박한 심정으로 독서를 해야 한다.

우리나라 독서율은 매년 낮아지고 있다. 그럼에도 많은 양의 책을 읽는 독서가들 또한 많다. 그리고 독서를 통해 성장하고 성공에 이르는 사람들도 있다. 사람은 환경에 영향을 받고 지배를 받는다. 아이들에게 독서하는 습관을 만들어 주기 위해서는 부모가 책을 읽는 모습을 항상 보여줘야 한다. 집안환경도 어디서나 책을 만날 수 있도록 만들어 놓아야 한다. 성공하기 위해서 성공한 사람들과 어울려야 한다는 것처럼 말이다.

책을 읽지 않았어도 작은 시도만으로 책을 읽고자 하는 의욕을 끌어올릴 수 있다. 퇴근 시간에 잠시 서점에 들르든지, 주말에 집근처 도서관에 가보자. 눈에 보이는 많은 책들과 책을 구경하고 읽고 있는 사람들의 모습은 충분한 자극이 된다.

책을 읽는 이유나 목적을 분명히 할 필요가 있다. 목적이 분명할 경우 집중도가 높아진다. 이는 독서로 더 많은 것을 얻을 수 있게 한다. 한 가지 분야에 집중해서 읽어도 되고, 몇 가지 분야나 다른 종류의 책을 동시에 읽어도 된다. 우리가 읽는 책들이 늘어감에 따라 자신도 점차 성장해나간다. 책은 언제나 그 자리를 지키고 있다. 읽혀지기를 기다리면서 말이다. 우리가 결심만 한다면 언제든지 책의 세계에 빠져들 수 있다. 책이 주는 유익함을 차치하고서라도 일단 읽자. 변화를 꿈꾼다면 말이다.

책을 읽다보면 욕심이 생겨 더 많이 더 빨리 읽고 싶어지기도 한다. 나 역시 독서가 생활의 일부로 자리를 잡으면서 그러한 욕심이 생겼다. 그래서 독서법에 관한 책들을 읽기도 했다. 인생은 책을 얼마나 읽었느냐에 따라 달라진다고도 한다. 그렇다고 해서 무작정 빠르게 많은 양을 읽어낼 필요는 없다. 어떤 책을 읽느냐도 중요하기 때문이다.

《1만권 독서법》의 저자 인나미 아쓰시는 연간 700권의 독서 생활을 한다고 한다. 책을 읽고 나서 어떻게 그것이 가능한지 의문이 들었다. '1일 일독' 이니 '1만권 독서법' 이니 이러한 책들은 어쩌면 속도에만 관심이 치우쳐 있는지도 모른다. 다양한 독서법에 관한 책들을 읽다보면 자신이 변화하기 시작하는 임계점을 제시하고 있다는 것을 알 수 있다. 100권, 300권, 1000권 등이다. 이 또한 기준이나 정답이 있는 것은 아니다. 독서가 생활화되어 꾸준히 해나가다 보면 자신의 임계점을 분명히 만난다.

독서법 책들을 읽으면서 자신이 변화하는 시점은 분명이 있다는 것에 동의한다. 하지만 단정 지어서 몇 권이라고 정할 수는 없다. 모든 영역에서 그러하듯이 사람마다 개인차가 존재할 것이고, 어떤 종류의 책들을 읽느냐에 따라서도 다르다. 그리고 얼마나 몰입해서 읽느냐도 중요하다. 돌이켜 보자면 책을 어떻게 읽느냐가 매우 중요하다고 생각된다. 독서는 책이라는 바다에 빠져서 한 자 한 자 읽어나가는 과정에서 나를 바꿀 수 있는 단 하나의 문장을 찾는 것이다. 그런 것들을 찾고 쌓아나가면 우리는 자연스레 성장의 길로 인도되는 것이다.

얼마 전 같이 일했던 동료를 만나 식사를 했다. 독서를 하며 자신이 바뀌어가는 모습에 누구를 만나든 책을 읽는다는 것의 소중함을 알려야 한다는 소명감이 생겼다. 자연스레 책에 대해 얘기하기 시작했다.

"임원화 작가를 아니?"

"아니오, 몰라요."

"종합병원 중환자실 간호사였던 그녀는 몰입독서로 인생이 달라졌다고 하거든."

"힘든 시기를 책으로 극복했고, 분명한 건 그녀가 읽은 책으로 인해서 그녀의 삶이 완전히 바뀌었다는 거야."

"대단하네요. 책을 읽고 인생이 달라지다니 말이에요."

"읽은 책의 양보다 책을 꾸준히 지속적으로 읽어야 삶이 바뀌는 순간에 직면할 수 있다는 거지."

“독서의 중요성은 알지만 그럴 시간도 여유도 없어서요……”

“그렇지 않아. 진정으로 의지를 갖게 되고, 그걸 우선순위에 놓는다면 누구나 책을 읽을 수 있어. 하루에 단 10분도 시간도 못 만들만큼 여유가 없는 사람은 없다고 생각해.”

“하긴 그래요.”

“너도 짧은 시간이라도 책을 읽는 시간을 만들고 꾸준히 하길 바란다. 분명히 네 인생에 보탬이 될 거야.”

내가 해준 얘기들이 그에게 얼마나 자극이 되었는지는 모른다. 다만, 현재 처해 있는 상황이 아무리 어렵더라도 책을 읽었으면 좋겠다. 책을 읽는 만큼 그가 성장해나갈 것이라는 걸 알기 때문이다.

독서를 시작했다면 이미 변화하기 시작한 것이다. 그 변화가 미약할지는 모르지만 크게 성장하도록 안내한다. 성공은 작은 것에서 시작된다. 작은 실천이 밑바탕이 되어 그 범위를 넓혀가다 보면 성공에 도달하게 된다. 책을 읽으라고 아무도 강요하지 않는다. 하지만 당신이 지금 하는 선택에 따라서 변화와 성장의 궤도에 올라탈 수도 그렇지 않을 수도 있다. 후회 없는 인생을 위해서 책을 읽기를 바란다.

03

꿀벌처럼만 살 것인가

"독서는 당신의 내면에 깊이 잠들어 있는 거인을 깨운다.
성공으로 가는 새로운 길을 독서로 열어 보자.
당신이 '예' 라고 답하기를 바란다. 판단은 당신에게 달려 있다."

우리는 무한한 가능성을 가진 존재들이다. 다만, 그것을 어떻게 밖으로 표출할 수 있는지를 모를 뿐이다. 많은 이들은 자신이 가진 무한한 가능성에 대해 알지 못하고 살고 있다. 급변하는 현대시대에 우물 안 개구리로 남아서는 안 된다. 언제나 그 가능성을 끌어낼 수 있도록 노력해야 한다.

미래는 우리에게 일어날 수 있는 어떤 것이라기보다 우리가 만들어야 하는 어떤 것이라고 생각해야 한다. 우리의 인생은 우리가 주도적으로 개척하고 만들어가야 한다. '혁신' 이라는 말을 많이들 한다. 생각혁신, 기술혁신, 기업혁신 등 다양하게 거론되고 있다. 혁신이라는 것은 오래된 관습, 조직, 방법 등을 완전히 바꾸어서 새롭게 한다는 의미다. 회사도 변화하고 혁신하고 끊임없는 도전과 열정이 식지 않아야 지속 가능하다.

개개인의 삶에도 혁신이 필요하다. 그것도 지속적으로 자신의 내면을 일깨우며 꾸준히 자기계발을 해나가야 한다. 많은 직장인들이 자기계발을 하려고 노력한다. 진정한 자기계발이란 지식과 지혜를 쌓아 깨달음을 얻어 꿈으로 향하도록 이끄는 일이어야 한다. 하지만 단순한 수준의 자기계발에 머무는 경우가 많다. 단지 어학공부를 하거나 자격증을 따는 것은 스펙을 쌓는 한 부분일 뿐이다.

많은 이들이 자신의 꿈이 무엇인지도 모르는 상태로 살아가고 있다. 열심히 직장 생활을 해서 아파트를 사고, 조금의 여가생활을 즐기고, 아이들을 키우며 단순하게 살아간다. 다람쥐 쳇바퀴처럼 돌아가는 시간 속에서 정신없이 살아가고 있다. 자신을 돌아볼 여유조차 없이 말이다. 더 늦어지기 전에 자신의 삶을 점검해보자. 개그맨 박명수는 '늦었다고 생각할 때는 너무 늦은 거다. 그러니 지금 당장 시작하라'고 했다. 너무 늦은 때란 없는 것이다. 무엇이든 해야겠다고 생각이 된다면 바로 시작하는 것이 중요하다.

잠시만 생각해봐도 직장 생활이 영원히 지속가능하지 않다는 것은 모두 알 수 있다. 그런 것에 대비하기 위해서라도 우리는 잃어버린 꿈을 찾고 그 꿈을 명확히 하고 살아갈 필요가 있다. 나의 내면을 일깨우기 위한 아주 쉬운 방법이 있다. 책으로 삶의 혁신을 시작하는 것이다.

개리 해멀은 그의 저서 《꿀벌과 게릴라》에서 이렇게 얘기하고 있다.

"책 읽지 않는 사람은 평생을 똑같은 수준으로 부지런하게 꿀벌처럼 일할 수는 있지만, 게릴라처럼 갑자기 출세하거나 사업에 성공하지는 못한다."

주어진 일만 열심히 하는 꿀벌처럼 산다면 시간이 지나서 언제 명퇴나 정리해고를 당할지 모른다. 이것이 우리 개개인에게도 혁신이 필요한 이유이다. 일상과 같은 삶에서 벗어나 새로운 길을 모색하면서 개혁해나가야 한다. 익숙한 것들에 빠져 지내다 보면 갑작스런 위기에도 금세 무너지기 쉽다. 건강이나 사고에 있어서도 사후에 대책을 마련하고 수습하는 것도 중요하겠지만 더욱 중요한 것은 사전에 예방하는 것이다. 인생에 닥칠 위기나 시련을 예방하거나 슬기롭게 이겨내기 위해서 책을 읽어야 한다.

책을 읽고 작은 것을 실천하면서 내면의 자아가 깨어나 움직이기 시작했다. 그것은 실천한 것의 결과가 좋고 나쁨과는 관계가 없다. 실천하는 것들이 쌓이고 생활 패턴이 변화해감에 따라 억눌려져 있던 자아가 깨어난 것이다. 우리는 하고 싶은 것들을 참으면서 살고 있다. 진정한 행복을 누리기 위해서는 하고 싶은 것들을 해야 한다. 아주 사소한 것이라고 해도 말이다. 물론 남에게 폐를 끼치거나 해서는 안 되겠지만, 그렇지 않은 범주 내에서도 얼마든지 그런 것들 속에서 잃어버렸던 꿈을 찾을 수 있다. 어쩌면 우리는 우리 내면의 아주 깊숙한 곳에 꿈을 숨기고 살아가고 있는지도 모른다.

앤서니 라빈스는 《네 안에 잠든 거인을 깨워라》에서 잠든 거인을 깨우기 위한 '결단의 힘' 을 아래와 같이 강조했다.

"우리가 인생에서 감격을 맛보거나 험한 시련을 맞게 되는 것은 살아가면서 내리는 크고 작은 결단에서 비롯된다. 나는 우리의 운명이 결정되는 것은 결단하는 순간이라고 믿는다. 지금 내리고 있는 결단이 우리의 미래를 결정할 뿐 아니라 현재의 감정 상태도 결정하게 된다."

그리고 결단에 따라 꾸준하고 지속적인 행동이 필요하다고 했다.

"사람마다 결과가 다르게 나타나는 차이는 결국 같은 상황에서 남과 다른 것이 무엇이냐에 달렸다. 행동이 달라야 결과가 달라진다. 왜

냐하면, 어떤 행동이든 움직임의 원인이 되고, 그 결과는 과거의 결과를 토대로 일정한 방향으로 가게 되기 때문이다. 자신의 인생을 스스로 통제하기 위해 가장 중요한 것은 실행해야 한다는 것이다. 우리의 인생은 어쩌다 한 번 하는 행동으로 이루어지지 않는다. 꾸준하게 지속적으로 이루어지는 행동의 결과가 인생이다."

지금의 내 모습은 과거의 선택과 결단에 따른 행동의 결과란 것을 다시 깨달았다. 과거를 돌이켜 보고 새로운 미래를 만들어가기 위해서 현재 어떠한 선택과 결단을 하고 실행하느냐가 매우 중요하다. 브라이언 트레이시가 말한 원인과 결과론도 이와 같은 의미다.

모든 책을 읽으며 공감하는 것에 그쳐서는 성장할 수 없다. 단 하나의 메시지라도 얻었다면 내 삶에 적용하는 결단을 내리고 실천해봐야 한다. 그런 노력들이 쌓여서 자신에게 맞는 방향과 방법도 찾을 수 있다.

책을 읽으면 다양하게 동기부여를 받음과 동시에 나를 돌아보게 하고 미래를 내다보게 한다. 즉, 꿈을 찾아 준다. 그리고 꿈을 향해 나아가기 위해 내가 현재 어떻게 무엇을 해야 하는지 방향을 제시해주는 것이다. 꿈 역시 마찬가지다. 꿈만 꾼다고 꿈이 이루어지진 않는다. 그 꿈을 위해 계획하고 행동해야 한다.

독서는 당신의 내면에 잠들어 있는 거인을 깨운다. 성공으로 가는 새로운 길을 독서로 열어 보자. 당신이 '예' 라고 답하기를 바란다. 책을 읽으면서 다양한 경험과 지식을 축적하는 것이 좋은가? 아니면 책에 대한 마음의 문을 닫아걸고 책에서 얻을 수 있는 기회조차 차단해 버리는 것이 좋은가? 판단은 당신에게 달려 있다.

04

성공자들의 성공공식을 배워라

"대부분의 성공한 사람들은 독서가였다.
김대중 대통령은 '다시 감옥으로 돌아가 책만 읽었으면 좋겠다' 고 했다.
그는 한때 감옥생활에서 책으로 위로받으며 위기를 극복했다."

책을 읽으면 많은 이점이 있다. 인생의 어느 시기이든 상관없이 책은 생각하는 힘과 깨달음, 자신만의 철학을 만들도록 해준다. 아직 책을 읽지 않는가? 독서를 하고 싶다면 먼저 성공한 사람들의 스토리를 읽어보면 어떨까?

"일들이 순식간에 진행되고 수많은 정보가 전달되는 이때, 책읽기는 가끔 속도를 늦추어 먼 전망을 그려보는 능력을 주었으며, 다른 사람의 입장에서 생각하게 하는 능력을 선사했다."

버락 오바마 미국 대통령이 대통령직 퇴임을 며칠 앞두고 열린 고

별 행사에서 얘기했던 말이다. 오바마 대통령은 자신이 독서광이기도 하다. 8년 간의 백악관 생활을 버티게 한 힘이 잠자기 전 매일 1시간 동안의 독서 습관이었다고 밝히기도 했다. 그는 어린 시절 "손에 들고 다닐 수 있는 세계들(책)이 친구 노릇을 해주었고", 청년기엔 "나 자신이 누구인가, 머리를 맴도는 이 생각들은 무엇인가, 그리고 무엇이 중요한 것인가를 일깨워 주었던 게 바로 책이었다."고 했다. 어릴 적부터 읽었던 책들이 자신을 성장시켜 왔고 대통령직을 수행하면서도 책에서 다양한 영감과 아이디어를 얻었던 것이다. 뉴욕타임스는 "링컨 대통령 이후 오바마처럼 책 읽기와 글쓰기로 자신의 인생과 신념, 세계관을 다듬은 미국 대통령은 없을 것"이라고 평가했다고 한다.

세계 최초로 머리가 붙은 샴 쌍둥이의 수술에 성공한 의사가 있다. 바로 벤 카슨이다. 벤 카슨은 디트로이트 빈민가에서 태어난 흑인이었다. 어머니가 식모여서 아이들에게 교육에 대해 신경 쓸 틈이 없었다. 기초학습이 부족해서 벤 카슨은 학교에 들어가서 계속 꼴찌를 몇 년간 했다. 이런 벤 카슨에게 어머니는 사회생활을 잘 할 수 있게 하기 위해 하나의 습관을 만들어줬다. 그것은 바로 독서하는 습관이었다. 도서관에 가서 일주일에 두 권씩 책을 읽도록 했다. 벤 카슨은 이런 어머니의 노력으로 독서하는 습관을 갖게 되었고, 이는 우수한 학업습득으로 이어졌다. 고등학교를 우수한 성적으로 졸업하고 의대로 진학하여 신경

외과 전문의가 되었다. 당시의 미국 사회에서 흑인이 유명 의대의 과장이 되기 어려운 상황이었음에도 30대 초반에 존스홉킨스 대학의 신경외과 과장이 되었다. 최고의 베테랑만이 과장이 되었는데 그는 모든 의학논문을 읽었을 정도였다고 한다. 다른 의사들이 모르는 것을 척척 알려주었다고 하는데, 어릴 적 꼴찌를 계속해서 얻은 별명 돌대가리가 만물박사로 바뀐 것이다.

어릴 시절 독서하는 습관이 얼마나 중요한지를 보여주는 예다. 독서는 과연 모든 공부의 시작이라고 볼 수 있다. 아이들에게 말로만 책을 읽으라고 할 것이 아니라 제대로 동기부여를 해주고 읽을 수 있는 환경을 만들어 주는 것이 중요하다. 많은 부모들이 자녀들에게 책을 읽히려고 노력한다. 학교에서도 독서대회를 연다든가 필독 리스트를 읽도록 가르치고 있다. 하지만 그런 노력이 아이들에게 진정 독서하는 습관으로까지 이어지기는 쉽지가 않다. 방해하는 요소가 너무 많기 때문이다. 자녀가 있는 웬만한 집에는 책이 가득한 책꽂이가 있다. 그렇다고 아이들이 독서를 많이 하지는 않는다. 책을 쉽게 접하도록 하는 것도 중요하다. 그보다 더 중요한 것은 부모가 책 읽는 모습을 보여줘야 한다. 아이들은 보는 대로 배우고 따라 행동하기 때문이다. 정작 부모는 책 한 줄 읽지 않으면서 자녀들에게 책을 많이 읽어야 한다고 강조하는 것은 어불성설이다.

영국을 대표하는 정치가이자 영국 국민들이 가장 존경하는 윈스턴 처칠은 《폭풍의 한 가운데》에 이렇게 썼다.

"책과 친구가 되지 못하더라도, 서로 알고 지내는 것이 좋다. 책이 당신 삶의 내부로 침투해 들어오지 못한다 하더라도, 서로 알고 지낸다는 표시의 눈인사마저 거부하면서 살지는 말아라."

처칠 역시 어린 시절부터 독서하는 습관을 갖게 되었다. 아버지가 선물해준 《보물섬》이 독서하는 계기가 되어 하루에 5시간씩 책을 읽었다. 고등학교를 졸업할 때까지 늘 꼴찌였지만 하루도 빼먹지 않고 한 것이 독서였다. 독서는 꼴찌에서 사관생도로, 군인에서 정치가로 변신할 수 있는 힘이었다.

처칠은 생산적인 독서를 했던 것으로 유명하다. 처칠은 "책은 많이 읽는 것이 중요한 것이 아니라 독서한 내용 중 얼마만큼을 자기 것으로 소화해서 마음의 양식으로 남기느냐가 중요하다."고 했다. 또한 "활용할 수 있을 정도의 깊이 있는 정신작용으로까지 이어지지 못한 독서는 오히려 빈 수레와 다를 바 없는 것이다."고도 했다. 읽은 것을 자기 것으로 소화해야 함을 강조했다. 나 역시 많은 책을 빠른 시간 내에 읽는 것에는 크게 동의하지 않는다. 천천히 느리게 읽더라도 곱씹어서 자신의 것으로 만들어내는 것이 가장 중요하다고 생각한다. 그리고 처칠은 자신이 흥미를 느끼는 분야에 관해 집중적으로 읽으라고 했다. 그 자신이 초, 중, 고교 시절에 흥미가 없는 과목들 때문에 꼴찌를 면하지 못했지만 사관학교에 진학하고 '병서'에 관해 집중적으로 책을 읽었고 우수한 성적으로 졸업을 했다.

독서는 어린 시절부터 습관을 들이는 것이 무엇보다 중요하다는 것을 알 수 있다. 자녀가 있다면 어떻게 책과 친구가 될 수 있도록 만들어 줄지를 깊게 고민해봐야 한다. 무엇보다 부모인 엄마, 아빠가 책을 먼저 읽어야 하지 않을까?

'늦었다고 생각하는 시기가 가장 적절한 시기이다.' 라는 말이 있다. 지금까지 책과는 담을 쌓고 살았다고 해도 지금부터 시작하면 된다. 욕심을 부리지 않고 시간이 다소 많이 걸리더라도 한 권씩 읽어나가다 보면 독서가 습관이 된다. 뒤늦게 책의 진가를 알고 독서하는 습관을 만들어 가고 있다. 집에는 읽은 책보다 읽어야 할 책들이 더 많다. 그만큼 책 욕심도 많이 생겼다. 읽고 싶은 책이나 좋은 책을 만나면 언제나 바로 구매한다. 그렇지 않으면 절판되어 구할 수가 없게 될 수도 있기 때문이다. 그리고 책은 눈에 자주 띄어야 읽게 된다.

세계적인 동기부여가 브라이언 트레이시는 인생의 첫 번째 터닝 포인트로 책을 읽은 것을 꼽았다. 자신의 인생을 스스로 책임져야 한다는 것을 인식하고 책을 읽으면서 인생이 달라지기 시작했다고 한다. 그는 이렇게 얘기했다.

"매년 50권씩 3년을 읽으면 그 분야의 전문가가 되고, 매년 50권씩 5년을 읽으면 그 분야의 전국적인 전문가가 되고, 매년 50권씩 7년을 읽으면 세계적인 전문가가 된다."

어느 한 분야의 전문가가 되기 위해서 매년 50권씩 읽으면 된다는 것이다. 그 만큼 책에서 얻을 수 있는 것은 무한하고, 독서가 얼마나 중요한 역할을 하는지 알 수 있다.

대부분의 성공한 사람들은 독서가였다. 김대중 대통령은 '다시 감옥으로 돌아가 책만 읽었으면 좋겠다.' 고 했다. 그는 감옥생활에서 책으로 위로받으며 위기를 극복할 수 있었다. 헬렌 켈러는 책으로 지옥 같은 그녀의 삶을 축제로 만들었고, 자신이 보고 듣지 못하는 것을 책을 통하여 경험을 함으로써 신체적 한계를 극복할 수 있었다.

하루에도 수많은 책들이 출간된다. 서점에 직접 가거나 인터넷 서점에서 간단히 책을 구할 수 있다. 그리고 사회는 책의 중요성을 끊임없이 강조하고 있다. 그럼에도 우리나라의 독서율이 계속 떨어지는 것은 아이러니하다. 틀에 박힌 일상에 지쳤는가? 그럼 책을 읽어 보자. 그것은 당신의 인생을 송두리째 변화시킬 수 있는 계기가 될 수도 있다. 성공자들의 성공공식은 바로 독서였다. 그들의 독서 습관을 배워 당신도 성공하는 삶을 만들어 가길 바란다.

05

넓은 길보다 좁은 길로 가라

"남들이 다 지나간 길에는 나의 흔적을 남길 수 없다.
남들이 생각하지 못한 것을 생각하고, 실천해 나갈 때 이름을 남길 수 있다.
남들과 다르게 생각하고 다르게 행동해야 한다."

"남의 뒤를 따라가는 사람은 그들보다 더 멀리 나아갈 수 없다. 홀로 가는 사람만이 누구도 가보지 않은 곳에 이를 수 있다."

상대성 이론을 발표했던 아인슈타인 박사가 한 말이다. 스위스 취리히 연방공과대학에 다니던 아인슈타인의 지도교수는 리투아니아 출신 수학자 헤르만 민코프스키였다. 어느 날 아인슈타인이 민코프스키 교수에게 물었다. "과학 분야에서 길이 족적을 남기려면 어떻게 해야 합니까?" 매우 어려운 질문이라고 생각한 교수는 생각해보고 답을 주겠다고 했다. 사흘 후에 민코프스키 교수는 아인슈타인을 건축 현장에 데리고 가서 방금 시멘트를 바른 곳을 걷게 했다. 그 모습을 본 인부들이 소리를 지르자 아인슈타인은 물었다. "교수님, 왜 저에게 잘못된 길을 걷게 하셨죠?" "그래, 바로 그거야!"라며 교수는 설명을 했다. "자네도 봤지? 아직 굳지 않은 시멘트 위를 걸어야만 발자국을 남길 수 있어. 오래된 길은 수많은 사람들이 걸어갔고, 발자국도 무수히 많아. 자네는 그런 길에 발자국을 남길 수 없지." 여기까지 들은 아인슈타인은 고개를 끄덕였다. 아무도 가지 않은 길을 개척해야 이름을 남길 수 있다는 것을 깨달았던 것이다. 그날 이후로 아인슈타인의 생각과 행동을 지배한 것은 창조성과 개척정신이었다.

우리는 커가는 과정에서 유치원부터 시작해서 초, 중, 고, 대학교까지 사회에 필요한 구성원이 되기 위한 교육을 받는다. 그리고 취직을 하고 직장생활을 한다. 이런 과정을 거치는 동안 자기만의 생각으로 인생을 살지 않는다면 시간이 지날수록 발전이 없는 삶에 익숙해진다. 어느 날 문득, 더 이상 변화하기 힘들게 된 자신을 만나게 될지도 모른다. 많은 사람들이 걸어가는 길은 넓고 익숙한 길이다. 그만큼 걷기도 쉽고 안전하다. 익숙함은 나태함으로 이어지고, 발전이 없는 삶이 된다. 때로는 익숙함을 버리고 낯선 것을 찾아서 시도해봐야 한다. 그런 도전 속에서 새로운 기회를 잡을 수 있다.

넓은 길이란, 어느 측면에서 보면 자기 멋대로 사는 것으로 보일 수도 있다. 똑같이 주어진 시간을 그냥 허비하면서, 자기계발을 하지 않고 꿈을 잃고 사는 삶이다. 그런 삶이 지속된다면 곧 멸망의 길로 접어들지도 모른다. 대기업과 같은 안정적인 직장에 다닌다고 해서 자신이 안정적인 삶을 끝까지 유지할 수 있을까? 그렇게 생각한다면 큰 오산이다. 그 자리는 언제든 명퇴 등으로 본인의 의지와 상관없이 그만둬야 하는 날이 온다. 우리는 그렇게 되기 전에 항상 대비를 해야 한다.

익숙하고 넓은 길만을 고집하다보면 변화하는 세상을 직접적으로 느끼기가 어렵다. 그러니 변화에 대비하지도 않게 된다. 앞만 보고 달려서도 안 된다. 주변을 돌아보면서 변화를 체감해야 한다.

매일 아침 달리기를 한다. 매번 계양천을 따라 나있는 둑방길을 달려서 공설운동장을 돌아오곤 한다. 한 번은 돌아오면서 아파트의 샛길을 따라 달렸다. 계양천을 달릴 때는 느끼지 못한 속도감을 느낄 수 있었다. 좁은 길이기에 내 옆을 스쳐 지나가는 모습이 빠르게 내 눈에 영상으로 들어왔다. 그때 느꼈다. 성공으로 나아가기 위해서는 넓은 길보다 좁은 길로 가야 한다는 것의 의미를 말이다. 넓은 길로만 달리면 순간순간 변해가는 것을 느끼기는 어렵다. 아주 빠르게 변하는 것도 천천히 변하는 것으로 보인다. 그런 것처럼 우리가 살아가는 세상 또한 마찬가지다. 세상은 아주 빠르게 변하고 발전해가고 있다. 익숙하고 편한 길만 간다면, 그 변화를 체감하지 못한 채 나도 모르는 사이 갑자기 변한 세상을 마주칠 수도 있다.

우리는 새로운 것으로 바꾸거나 새롭게 시작하는 것에 대한 두려움을 모두 갖고 있다. 하지만 그런 두려움을 극복해야 한다. 두려움을 극복해야만 도전을 할 수 있기 때문이다. 더 나은 삶, 나아가 성공적인 삶을 만들고 이뤄가려면 말이다. 두려움이 인생을 지배하도록 놔둬서는 안 된다.

나는 마라톤을 시작한 지 15년이 넘는 아마추어 마라토너다. 하지만 중간 중간 달리기를 하지 않았던 기간도 있었고, 대회참가도 주로 하프나 풀코스를 가끔 하는 정도였다. 사고에서 완전히 회복하기 전까지는 내가 다시 달리는 날은 요원하다고 생각했다. 하지만 예상외로 빠른 회복으로 그 시점은 대단히 빨리 왔다. 사고에서 회복하면서 다시 주어진 인생이라고 생각했는데, 달리기 또한 마찬가지였다.

얼마 전에 2년 만에 참가한 풀코스 마라톤에서 아주 좋은 기록을 달성했다. 오히려 사고 전보다 더 좋은 컨디션과 실력을 갖게 됐다는 느낌이 든다. 다시 참가한 마라톤 대회를 계기로 나는 새로운 도전을 계획했다. 예전에는 가끔씩 나가는 대회에 만족했으나, 마라톤에서도 도전하는 삶을 실천하기로 한 것이다. 그 첫 번째가 트레일 러닝 대회였다. 지난 4월에 KOREA 50K라는 국제대회에 참가하여 12시간 30분의 기록으로 완주했다. 그리고 100KM 울트라 마라톤 대회를 다음 목표로 삼고 있다. 예전에는 생각지도 않던 대회들이었다. 보스턴 마라톤 참가 자격을 취득해서 참가할 계획이고, 궁극적으로 아마추어 마라토너들의 꿈이라고 하는 서브-3도 달성할 것이다. 달리는 것을 국내로만 한정하지도 않을 생각이다. 기회를 만들어 해외 유명 마라톤 대회들을 섭렵하고 해외 트레일 러닝대회도 하나씩 내 삶의 기록으로 만들기로 했다.

달리기에 있어서도, 개척이라고까지는 할 수 없겠지만 많은 사람들이 가지 않은 길들을 헤쳐 나가려고 한다. 인생을 사는 것도 마찬가지다. 지금까지와는 다른 시야를 갖고자 한다. 내가 원하고, 하고 싶은 것들을 이뤄가는 길을 선택해서 뚜벅뚜벅 걸어갈 것이다. 이런 삶의 자세는 궁극적으로 내가 가고자 하고 이루고자 하는 곳으로 도달하게 할 것임을 확신한다.

인생은 시간과 노력을 어떻게 들이느냐에 따라서 달라진다. 작은 것이라도 스스로 만들어 가야 한다. 물론 그 과정에서의 고통은 당연히 있을 것이다. 그 또한 감내하며 꿈을 이루는 데 사용하면 된다. 인생은 편안하고 안락한 것만을 추구할 때가 가장 위험한 시기이다. 불편하고 힘든 것을 좋아하는 사람은 없다. 하지만 고통 뒤에 따르는 단맛을 안다면 기꺼이 견뎌낼 수 있지 않을까.

남들이 다 지나간 길에는 나의 흔적을 남길 수 없다. 남들이 생각하지 못한 것을 생각하고, 실천하고, 만들어 나갈 때 지금의 삶에서 이름을 남길 수 있으리라. 남들과 다르게 생각하고 다르게 행동해야 한다.

06

지식이 아닌 지혜를 갖추어라

"책에서 얻은 지혜는 가야 할 길에 지름길을 안내해주기도 한다.
누군가가 한 번 가봤던 길에 대해 알고 있다면
그 길을 따라 가는 사람은 그만큼 수월하게 갈 수 있다.

삶을 살아가는 데 있어서 지식과 지혜는 필연적으로 필요하다. 지식만 있어서도 지혜만 있어서도 안 된다. 성장하면서 많은 지식을 배우고 습득한다. 그 지식을 바탕으로 지혜로운 생각으로 인생을 살아가도록 해야 한다.

책을 읽음으로 인해서 얻을 수 있는 것들은 다양하다. 그 중에서도 가장 소중한 것은 간접적인 경험이다. 삶을 살아가면서 모든 사람들은 수많은 경험을 하고 그 경험을 통하여 깨달음을 얻는다. 그렇지만 한 개인이 세상의 모든 것을 경험할 수는 없다. 이런 부족한 부분을 책을 통하여 채울 수 있다. 독서를 통하여 다양한 저자들이 경험했던 일들을 접하고 자신에게 적용할 부분을 선별할 수 있다. 시행착오의 과정을 줄일 수 있는 방법이 되는 것이다. 오히려 책에서 얻은 지혜에 더하여 더 나은 방법을 찾거나 발전해나갈 수도 있다.

책에서 얻은 지혜는 한 가지를 이루는 과정을 단축시켜 주기도 한다. 즉, 지름길로 안내해준다는 것이다. 지름길이라고 해서 과정을 생략하거나 한다는 의미가 아니다. 누군가가 한 번 가봤던 길에 대해 알고 있다면 그 길을 따라 가는 사람은 그만큼 수월하게 갈 수 있다. 그리고 시간을 절약할 수 있다. 책을 읽어서 얻는 알지 못했던 정보나 지식은 삶을 혁신적으로 이끌기도 한다.

'선택과 집중' 이라는 말이 화두가 되었던 적이 있다. 이 말을 처음으로 쓴 사람은 GE의 CEO 잭 웰치였다. GE의 회장이 된 잭 웰치는 월스트리트의 애널리스트들 앞에서 했던 첫 번째 연설에서 이렇게 얘기했다.

"나는 진정한 성장 산업을 찾아내고 그 산업에 뛰어들어 1등이나 2등이 되는 기업, 즉 1등이나 2등 수준의 군살 없는 조직 구조에서 가장 낮은 원가로 고품질의 제품과 서비스를 세계 시장에 공급하는 기업만이 미래의 승리자가 될 수 있다고 생각합니다. 그렇게 하지 못한 1980년대의 경영자들과 기업들, 즉 잘못된 전통이나 정신 혹은 경영상의 약점 등과 같은 이유로 1등이나 2등이 되는 데 실패한 자들은 1990년대에는 더 이상 살아남기 힘들 것입니다. 1등이나 2등이 된다는 것은 하나의 목표일뿐만 아니라 필요조건이기도 합니다."

– 잭 웰치 《끝없는 도전과 용기》

잭 웰치는 1등이나 2등 전략과 '고쳐라, 매각하라, 아니면 폐쇄하라' 라는 전략으로 GE를 이끌었다. 경쟁력이 없거나 업계를 주도하지 못하는 사업은 과감히 정리했다. 복잡한 조직을 가장 단순하고 민첩한 조직으로 만들어 시장 가치가 120억 달러에 불과했던 GE를 4,500억 달러 규모의 기업으로 성장시켰다. 전력을 한군데로 모아서 선택하고 집중했던 결과였던 것이다.

하지만 이 말이 유행하면서 선택과 집중의 뜻을 제대로 알지 못하고 사용하는 경우가 많다. 뭔가를 선택한다는 것은 다른 뭔가를 버린다는 뜻이다. 즉, 되는 것에 집중하고 되지 않는 것은 과감히 포기한다는 의미다. 그러나 사람들은 어느 하나도 버리거나 포기하지를 못한다. 그래서 실제로는 모든 것을 선택하고 모든 것에 집중하는 것이 되어 버린다. 손자병법에 모든 곳을 지키려면 모든 곳이 약해진다는 말이 있다. 버리지 않고 모든 것에 집중하게 되면 어느 하나 두각을 나타내기 어려워지고 그 결과 모든 것이 약해져 버린다는 것이다.

'선택과 집중' 이라는 전략으로 성공적인 결과를 낸 GE의 전략을 제대로 벤치마킹해야 GE의 지혜를 활용할 수 있다. 거기에 시행과정에서 더 좋은 전략을 더한다면 금상첨화일 것이다.

다니던 회사에서도 연초에 사업계획을 발표하면서 선택과 집중을 언급한 적이 있다. 하지만 말만 언급했을 뿐 무엇을 포기하고 어디에 집중한다고 하는 명확한 방안 제시는 없었다.

후배 직원과 점심식사를 하고 이에 대해 얘기했던 적이 있다.

"이 과장, 요즘 하는 일은 어때?"

"바이어가 너무 많아서 일일이 챙기려니 힘들어 죽겠어요."

"그렇지? 작은 바이어라고 해도 신경 써야 할 일은 똑같으니까…."

"팀원들한테도 미안해 죽겠어요. 하는 일은 많지만 매출액은 적고, 인정도 못 받고…."

"연초에 안 되거나 매출이 적은 부분은 과감히 정리한다고 했잖아. 그 부서는 어떻게 하고 있어?"

"알잖아요. 정리하긴 뭘 정리해요. 임원들은 직접 업무를 하지 않으니 저희들의 고충을 알 리가 없어요."

"얼마 전에 책에서 봤는데, 선택과 집중이라는 건 모든 것을 그대로 두고 한 곳에 집중한다는 의미가 아니더라."

"그럼 어떻게 하는 거죠?"

"어, 전망이 없는 것은 정리하고, 미래와 전망이 보이는 것에 집중한다는 의미야."

"아…. 저희 회사 뭐 하나 포기하겠어요? 말만 그런거지."

"그렇긴 해. 너도 나도 '선택과 집중' 그러니까 따라 하는 거지 뭐. 제대로 알고나 얘기했으면 좋겠어."

시간이 지나고 나서도 그 전과 달라지는 것이 하나도 없었던 것은 자명한 일이었다. 메인 거래처에 집중하는 것도 아니었다. 회사 매출의 미미한 부분까지 임원이 챙기고 직원들을 다그치는 것을 보면서, 임원들이 회사의 방침조차 이해하지 못하는 것 같아 씁쓸했었다.

잭 웰치가 위대한 성과를 가능하게 했던 바를 정확하게 이해하지 못했기 때문이라고 생각된다. 과연 회사의 오너나 임원들이 잭 웰치의 《끝없는 도전과 용기》를 읽어보기나 했을까 라는 생각이 들었다. 언론 매체나 주변에서 하는 얘기를 주워들어서 현실에 적용하려다보니 이해가 부족한 것은 당연하다. 무엇을 하든 우리가 책을 읽어서 제대로 알아야 함을 느꼈다. 그러고나서 삶이나 일에 어떻게 적용할지를 고민해야 한다.

책을 읽는다고 삶이 나아질까? 나는 당연히 그렇다고 생각한다. 무수한 장점들이 있지만 성공한 사람들의 스토리만 읽어봐도 알 수 있다. 그들의 이야기는 자신에게 동기부여를 해준다. 그리고 그들의 스토리에는 항상 독서가 있기 때문이다. 독서를 한다고 무조건 성공하는 것은 아닐 테지만 독서는 성공의 필요충분조건임은 분명하다.

워렌 버핏은 하루의 70~80%를 독서에 투자한다고 한다. 성공한 사람들은 지금도 아침 일찍 일어나서 운동하고 책을 읽으며 하루를 시작한다. 그리고 그들은 목표를 갖고 지속적으로 학습하며 새로운 것에 도전한다. 하지만 일반 사람들은 자기가 편한 곳에만 머물려 하고 변화하기를 싫어한다. 게다가 리스크가 있는 일들도 회피한다. 느지막이 일어나서 회사 출근하기에 바쁘다. 이렇게 해서 인생이 달라질 수 있을까? 적어도 성공한 그들보다 더 일찍 일어나고 더 많이 읽고 공부해야 하는 것은 어쩌면 당연하지 않겠는가.

독서가 내 삶의 일부분이 되어준 것에 정말 감사하다. 쓰러져 있던 자존감을 회복해 일으켜 세웠고 흩어진 꿈들을 끌어 모아서 명확한 미래를 그릴 수 있게 됐다. 읽은 책들이 누적되어 가면서 책을 쓰고 싶다는 소망이 생겼다. 자신의 지혜를 또 다른 누군가에 전하기 위해서는 책을 써야 한다. 그것이 내 삶에 의미 있는 일이며 소명이라는 생각이 들었다.

07

실패를 다루는 방식이 삶의 차이를 만든다

"실패를 실패로 바라보지 말자.
극복해나갈 수 있다는 자신감을 갖고 노력하자. 넘어질 때마다 일어서고,
될 때까지 하는 끈기를 갖자. 노력은 배신하지 않는다고 했다."

"실패를 두려워 말라, 실패 또한 훌륭한 교육이다." 에디슨의 이야기다.

에디슨이 필라멘트를 발명할 때의 일이다. 하루는 조수가 조심스러워 하며 에디슨에게 말했다.

"선생님, 필라멘트를 발명하려고 벌써 90가지의 재료로 실험했지만 모두 실패했습니다. 결국 필라멘트를 발명한다는 건 불가능한 일인 것 같아요. 그만 포기하는 것이 어떻겠습니까?"

그러자 에디슨이 고개를 흔들면서 말했다.

"어허, 자네는 그것을 왜 실패로 생각하는가? 우리들은 실패한 것이 아니고 안 되는 재료가 무엇인지 90가지나 알아낸 것일세. 아주 성공적인 실험이었네."

이러한 끈기로 에디슨이 실험하고 버린 쓰레기더미가 무려 2층 높이 만큼이나 되었다. 마침내 2,399번의 실패를 거쳐 2,400번 만에 전류를 통해도 타지 않고 빛을 내는 필라멘트를 만드는 데 성공했다.

조수의 말을 듣고 필라멘트 발명을 실패한 것으로 단정 짓고 그만뒀다면 에디슨은 필라멘트 발명에 성공하지 못했을 것이다. 실패는 장애물이 아니라 성공으로 가는 과정이다. 모든 성공은 실패를 다져서 단단하게 만든 기초 위에 지어진 건축물이다. 실패가 바로 성공을 위한 기회이자 학습인 것이다. 에디슨처럼 실패를 다루는 방식에 따라 성공으로 가느냐 못 가느냐의 차이가 생기게 된다.

남아공의 대통령이었던 넬슨 만델라는 '인생의 가장 큰 영광은 절대 넘어지지 않는 것에 있는 것이 아니라 넘어질 때마다 일어서는 데 있다' 라고 했다. 인생이라는 긴 시간에서 우리는 다양한 시련과 역경을 만나게 된다. 그런 일이 한 번도 일어나지 않을 수는 없다. 그럴 때마다 스스로 일어나서 극복해야 한다. 그렇게 극복하는 과정이 남들과 삶의 차이를 만들게 된다.

김주환 작가는《회복 탄력성》에서 이렇게 얘기했다.

"성공을 위해서는 반드시 실패가 필요한 법이다. 별다른 고생 없이 평탄한 삶을 산 사람 중에 커다란 업적이나 성취를 이룬 사람은 찾아보기 힘들다. 창업 이래 한 번도 실패나 어려움을 겪지 않은 대기업도 없다. 그것이 세상의 이치다. 위인전에 나오는 위대한 인물들을 보라. 어떤 분야에서든 뛰어난 업적을 남긴 사람들은 대부분 역경을 극복한 사람들이다. 그렇다면 그들은 왜 하나같이 역경을 극복하고 위대한 인물이 되었을까? 바로 여기에 작은 힌트가 숨어 있다. 위인들은 역경에도 '불구하고' 위인이 된 것이 아니라 사실 역경 '덕분에' 위대한 업적을 이룰 수 있었던 것이다."

그렇다. 실패는 성공의 어머니라고 했다. 실패가 실패로 끝나지 않고 끊임없이 도전할 때 성공으로 이어지는 것이다. 역경을 극복해내고 더 높이 튀어 올라서 더 크게 성장하고 성공하는 경우가 많다. 독서를 통하여 이와 같은 회복 탄력성을 키울 수 있다. 책을 읽음으로써 삶에 대해 긍정적인 태도를 얻고 다양한 사람들의 경험을 간접적으로 체험하게 된다. 이는 삶을 살아가는 힘으로 연결된다. 그것이 바탕이 되어 시련에 처하게 되어도 그 시련에 맞서고 다시 시작할 수 있게 되는 것이다.

모든 일에는 노력이라는 것이 필요하다. 노력하고, 노력하고 꾸준히 할 때 인생은 반응을 한다. 반복해서 해야 한다. 끊임없이 이어져야 한다. 물은 100도에서 펄펄 끓는다. 99도에서는 끓지 않는다. 단 1도가 모자라도 끓지 않는 것이다. 삶에 있어 우리가 하는 모든 것들도 마찬가지다. 시련과 역경에도 굴하지 않고 계속해서 도전해나가는 것과 동시에 성공이라는 단물을 맛볼 수 있을 때까지 시도는 계속되어야 한다. 단맛을 느끼기 전에는 어떤 것이 단맛인지 알 수 없다. 포기하는 순간 영원히 그 단맛을 느끼지 못한다. 성공을 만나기 전에 멈추는 순간 성공과는 멀어지게만 될 뿐이다.

삶을 살아가면서 많은 유혹들이 있다. 긍정적인 것들도 있지만 대부분의 유혹들은 그렇지 않다. 유혹에 넘어가느냐 이겨내느냐는 자신의 몫이다. 마라톤을 할 때도 그렇다. 달리다 보면 몸의 상태에 따라서, 간혹은 몸의 상태와 상관없이 걷고자 하는 유혹이 강하게 올 때가 있다. 한 번 걷게 되면 또 걷고 싶어지고 결국엔 달릴 수 없는 지경이 되기도 한다. 걷게 되면 결국엔 후회만이 남는다. 그리고 최선을 다하지 못했다는 자책감도 든다. 몸과 마찬가지로 마음도 그렇다. 쉽고 편한 것을 요구한다. 그것을 극복할 수 있는지는 의지에 달려 있다. 한 번 편하고 쉬운 것을 선택하면 다음엔 더 편한 것을 요구한다. 그런 함정에 빠지지 않기 위해서는 평소에 의지를 강하게 훈련할 필요가 있는 것이다.

마라톤 대회에 참가하기 위해서는 그에 상응하는 많은 준비로 훈련을 한다. 적응할 수 있도록 충분한 거리를 소화해내야 하고, 원하는 기록을 위해서는 다양한 훈련법도 실시한다. 마음 역시 평소에 훈련이 필요하다. 우리 몸과 마음은 항상 편하고 쉬운 것을 추구하는 경향이 있다. 그것을 이겨내기 위한 훈련이 필요하다. 마음의 근력을 꾸준히 키워주게 될 때 힘든 일이 찾아와도 쉽게 회복하고 이겨낼 수 있게 되는 것이다. 그러한 것들이 누적되어 삶이 바뀌어 가게 된다. 독서는 마음의 근력을 키워주는 매개체이고, 실패라는 좌절에서도 일어나게 하는 힘이 되어 준다.

인생에는 실패란 없다. 단지 시련만 있을 뿐이다. 실패를 실패로 바라보지 말고, 극복해나갈 수 있는 것으로 보고 노력하자. 실패를 그렇게 다루어 나갈 때 인생도 자신이 가고자 하는 곳으로 향하게 된다. 넘어질 때마다 일어서고, 될 때까지 하는 끈기를 갖자. 노력은 배신하지 않는다고 했다. 지금 하는 작은 것들이 작은 차이를 만들고 결국에는 큰 차이가 나게 될 것이다. 지치지 않도록 평소에 몸과 마음을 단련하

자. 그 힘은 인생을 바꿔주는 원동력이 된다. 그런 힘을 나는 책에서 얻는다.

삶 을
바꾸는
기 술

CHAPTER

04

제4장

나는 책에서 '위로'를 받는다

01

나는 책에서 '위로'를 받는다

"삶의 어떤 상황에서도 책을 놓지 말자.
책에는 진리가 담겨 있다. 그 진리를 받아들임으로써 우리는 성장해간다.
책은 그 성장의 과정에서 언제나 우리를 응원하고 위로해준다."

병원에 누워 있으면서 이런 저런 생각들을 많이 했다. 과연 앞으로 무엇을 해야 하는지부터 어떻게 살아가야 할지를 고민했다. 그러다가 브라이언 트레이시의 동영상 강의를 들었던 것을 계기로 그의 책 《잠들어 있는 성공 시스템을 깨워라》를 읽었던 기억을 떠올렸다. 병실의 모든 사람들이 자고 있던 새벽에 바로 유튜브에서 브라이언 트레이시를 조회했다. 그날 새벽은 찾아낸 동영상을 보고 또 반복해서 봤다. 스스로에게 동기부여하고 나아갈 길을 모색하기 위함이었던 것이다.

나는 새벽에 일찍 일어난다. 하루를 일찍 시작하는 이유는 크게 두 가지다. 건강을 위한 운동과 성장을 위한 독서를 하기 위해서다. 아침에 시작한 독서는 꾸준하게 읽어나갈 수 있는 습관이 되었다. 아무런 방해도 없는 시간에 하는 독서는 자신에게 힘이 되고 위로가 되어주는 친구였다. 때로는 삶의 방향을 제시하고, 때로는 책 속에서 감성을 느끼기도 했다.

'그 사고가 왜 나에게 일어났을까.'

누구나 나쁜 기억, 기억하기 싫은 과거, 그로 인한 후회를 갖고 있다. 사고가 난 후 병상에 누워서 수없이 자신에게 되뇌었던 생각이다. 생각하기도 싫은 끔찍한 사고로 몸은 너무나 큰 상처를 입었다. 조금만 주의하고 정신을 차렸더라면 일어나지 않았을 일일지도 모른다. 하지만 이미 벌어진 일이었고 후회한들 되돌릴 수 없는 것이었다. 책은 그런 나에게 용기와 희망을 줬다.

닉 부이치치의 《허그》를 읽었다. 닉 부이치치는 사람이 감내하기 힘든 장애를 가졌다. 그런 장애에도 인생을 열정적으로 살아가는 그의 태도에 놀랐다. 그의 포기하지 않는 열정과 건강한 정신에서 뿜어져 나오는 열정은 멋진 인생을 사는 데 장애는 아무런 문제가 되지 않는다는 것을 보여줬다. 그는 정상인 못지않은 열정으로 전 세계를 다니면서 희망을 전하고 있다. 그러면서 스스로를 축복받은 사람이라고 여긴다. 아래 글은 우리의 삶은 모두가 값진 것이란 걸 늘 염두에 두어야 함을 알려준다.

"더 나은 인간이 되는 것을 목표로 삼고 더 큰 꿈을 꾸며 장벽을 뚫고 나가보도록 하자. 삶이 탄탄대로일 수는 없으므로 가다가 조금씩 진로를 수정할 필요는 있겠지만 값진 인생이라는 사실에는 변함이 없다. 환경과 조건이 어떠하든지, 여전히 숨을 쉬고 있다면 세상에서 해야 할 일이 남아 있다고 믿어도 좋다."

삶을 살아가는 동안 누구나 역경과 시련에 맞서게 된다. 그런 절망 앞에서 멈춰서거나 포기할 필요는 없다. 오히려 절망에서 희망을 찾아야 한다. 그 희망이 자신의 삶을 만들어 가는 것이다. 계획되지 않았던 사고를 겪으면서 심한 심적 고통과 육체적 고통에 시달려야만 했다. 하지만 이미 일어난 일을 받아들이는 것 말고는 다른 대안이 없었다. 중요한 것은 어떻게 받아들이느냐와 이 사고에서 어떤 깨달음을 얻느냐이다.

나의 부주의로 일어난 사고였다. 심각한 사고였음에도 최악은 피했다. 그렇기에 감사한 마음이 깊은 곳에서 우러나왔다. 감사한 마음을 갖게 되자 삶이 다시 주어졌다고 생각하게 되었다. 새로운 기회가 주어진 것이다. 이 새로운 기회는 다시 시작하는 계기가 됐다. 한 번도 내 삶에 진정으로 감사한 마음으로 열정적으로 살지는 않았다. 시련을 극복한 사람들의 책은 수술 후 회복에 힘과 위안이 됐다.

사고 후 정기적으로 병원에 진찰을 받으러 다닌다. 얼마 전 사고부

위 골밀도 검사와, X-ray, 혈액 검사를 하러 병원에 다녀왔다. 검사 전 대기실에서 책을 읽으며 당시 입원했었던 기억을 떠올렸다. 그 당시의 다짐과 책 속에서 얻은 희망들이 지금까지 긍정적으로 살아오는 힘이 되었다.

《나는 죽을 때까지 재미있게 살고 싶다》를 읽고서 어떻게 살지를 생각해봤다. 즐겁고 재미있게 사는 것이 나의 생활모토이기는 하다. 하지만 그런 삶을 위한 행보를 얼마만큼 해왔는지를 생각해보면, 이런 저런 이유로 미루거나 하지 않으며 살고 있음을 금세 알게 된다. 나이가 더 들어서 후회하지 않으려면 지금에 충실해야 한다. 진정으로 하고 싶은 것들을 하면서 인생을 설계하고 꾸며가야 하지 않을까. 닉 부이치치처럼 도전하는 삶을 살고 싶다.

사람들은 힘든 일이 있을 때마다 '이 또한 지나가리라' 라며 견뎌내기도 한다. 역으로 말하면 '지나간 것은 되돌릴 수 없다' 는 말이기도 하다. 그렇기에 주어진 상황에서 지금 하고 싶은 것을 하고 미래를 위해 열정을 투자해야 한다. 그래야 나중에 후회라는 흔적을 남기지 않게 되기 때문이다.

책을 읽으면 위로가 될까? 우리가 행복해지도록 이끌어 줄까?

책을 읽는 사람마다 상황은 다를 수 있다. 행복한 상태, 기쁜 상태, 슬픔이나 괴로움이 있는 상태 등 다양하다. 그런 상황에서 우리는 다양한 경로를 통해서 위로를 받고 싶어 한다. 책을 읽으면 우리가 경험하지 못한 것을 경험하기도 하고, 지식을 넓히기도 하고, 슬픔을 이겨내기도 한다. 책이 나에게 주려고 하는 것이 무엇인지를 인지하고 읽어 나간다면 저자의 생각을 이해하기도 쉽고 그로 인해 배울 점들이 많다. 그 속에서 우리는 또 다른 위로를 받는다.

삶의 기한은 사람마다 다르다. 그렇지만 하루 24시간은 누구에게나 공평하게 주어진다. 이 공평한 시간을 어떻게 활용하는가는 자신의 몫이다. 하고 싶은 것을 하면서 살아가야 한다. 욕망을 미루고 미루다 보면 어느덧 죽음을 맞이하게 될지도 모르기 때문이다. 내일 지구가 멸망하더라도 사과나무를 심어야 하는 이유이기도 하다.

독서를 하는 사람마다 나름의 이유나 목표가 있다. 책은 그런 목표를 향해 가도록 안내자의 역할을 하는 것이다. 꿈을 향한 열정을 키워주기도 하고, 자존감을 키워 주기도 하고, 행복감을 느끼게도 한다. 책에는 삶의 희노애락이 담겨 있기 때문이다. 이런 모든 것을 책으로부터 얻을 수 있다.

우리는 자기계발서를 읽으며 꿈과 열정을 만들고, 성공 스토리를 읽으며 동기부여를 받는다. 저자의 다양한 체험을 간접적으로 경험할 수도 있다. 책은 이렇게 다양한 자극을 준다. 그 자극은 자기성찰로 이어지고, 자신감 또한 향상시켜 준다. 책에서 얻은 자신감으로 인생을 새롭게 설계하고 나아갈 수 있다. 이것이 독서의 진정한 힘이라고 생각한다.

삶의 어떤 상황에서도 책을 놓지 말자. 책에는 어떠한 것에서도 얻을 수 없는 진리가 담겨 있다. 그 진리를 받아들임으로써 우리는 성장해간다. 책은 그 성장의 과정에서도 언제나 우리를 응원하고 위로해준다.

02

책이 나에게 가르쳐 준 것들

"독서를 하면서 배운 것들은 일상에서 접할 수 없는 것들이다.
책을 읽을 때마다 성장하는 이유이기도 하다.
책은 나에게 많은 것을 가르쳐 주었다. 당신도 책을 읽기를 바란다."

"남의 책을 많이 읽어라. 남이 고생하여 얻은 지식을 아주 쉽게 내 것으로 만들 수 있고, 그것으로 자기 발전을 이룰 수 있다."

소크라테스가 남긴 말이다.

군에서 제대를 하고 복학하면서 혼자 자취생활을 했다. 자취생활을 하면서 그동안 해보지 않았던 문화생활을 혼자서라도 즐기고 싶었다. 토요일 조조영화를 혼자 보기도 했다. 하지만 단 한 번 만에 그만뒀다. 텅 빈 관람석에서 느낀 혼자라는 공허함, 더군다나 실내 기온마저 낮아서 쌀쌀했던 탓이었던 듯하다. 혼자서 할 일은 아니라고 생각했다. 자취생활이라는 것이 그렇듯 학교에 가지 않으면 많은 시간을 홀로 보내야 했다. 학교에 가더라도 저녁은 오롯이 혼자였다. 그런 생활이 처음에는 잘 적응이 되지 않을 정도였다. 학기 초에는 깜깜한 적막감만이 기다리는 자취방에 가기 싫었다. 일부러 친구들과 더 어울려 놀다가 늦게 들어가거나 아예 친구 하숙방에서 함께 자기도 했다. 그런 생활 속에서 자연스레 독서라는 취미를 갖고 싶은 마음이 들었다. 그 동안 얼마나 책을 읽지 않고 살아왔는지는, 너무나 유명한 삼국지 한 번 읽지 않았다는 사실만 봐도 알 수 있다. 광화문에 있는 Y문고를 자주 가곤 했다. 하지만 방문하는 목적은 언제나 영어와 일어 등 어학관련 책이나 월간지를 보려는 것이었다. 가끔 에세이나 소설책들도 들춰 보기는 했지만 사서 읽었던 적은 없다.

'일단 책을 사면 읽게 되지 않을까?' 란 생각을 문득 했다. Y문고에 가서 소설과 에세이 분야를 둘러보면서 여러 권의 책을 사서 읽기 시작했다. 취미로 만들기는 쉽지 않았지만 나름대로 꾸준히 독서를 해보려고 노력했다. 한 번 쯤은 다들 읽었을 삼국지도 그때서야 비로소 여덟 권의 세트를 모두 읽었다. 책을 읽는 것이 수련이 되지 않아서인지 무언가 크게 마음속에 남는 독서가 되지는 못했다. 그런 중에서도 무라카미 하루키의 소설은 굉장한 울림을 주기도 했다. 아마도 그때가 독서를 시작한 초기 무렵이었던 듯하다.

책을 읽는 습관을 만드는 것이 쉽지는 않다. 매년 새해 계획에 독서가 한자리를 차지하고 있었지만 제대로 해내지 못했다. 어떤 것을 시작하든지 끊든지 할 때는 결심도 중요하지만 계기 또한 필요하다. 독서에 대한 의지가 항상 작심삼일로 끝나 버린 것도 결국 굳은 결심이 부족했던 탓이고, 책에 빠져들 계기도 없었기 때문이다. 몇 년 전, 꾸역꾸역 책장을 힘들게 넘기며 읽고 있을 때 내게도 새로운 계기가 생겼다. 아내가 일하는 곳에서 제의가 들어왔다. 그곳에 북 카페 코너가 있는데, 거기에서 발표를 한 번 해주지 않겠느냐는 것이다. 읽고 있던 책이 스티븐 코비의 《성공하는 사람들의 7가지 습관》이었다.

무대에 나가서 발표하는 것이라 잠시 고민하기도 했다. 하지만 아내의 간곡한 요청으로 하기로 했다. 북 카페에서 발표를 했던 경험은 많은 결과를 내게 남겨 줬다. 우선, 사람들에게 책의 내용을 제대로 전달해야 했기에 스스로 책에 더 집중할 수 있었다. 그렇게 집중했던 것이 독서를 제대로 시작하는 계기로 이어졌다. 책의 내용 중 패러다임의 전환이란 주제로 발표했는데, 패러다임을 전환하는 것이 왜 필요한 것이며 보이는 것만으로 판단해서는 안 된다는 것을 알게 됐다. 책을 몰입해서 읽으면 저자가 전달하고자 하는 내용을 알게 됨은 물론 새로운 시각과 사고를 할 수 있게 된다.

소크라테스가 말했듯이, 많은 책을 읽을수록 힘들이지 않고 저자의 경험을 내 것으로 만들 수 있다. 그러면서 성숙해지고 성장해나갈 수 있다.

수천 권의 책을 읽지는 않았다. 하지만 매일매일 읽어나가는 책 속에서 나는 언제나 저자가 전해주는 지식과 지혜를 온 몸으로 받아들인다. 때로는 전문지식이기도 하고, 삶의 지혜이기도 하고, 아픔을 극복한 이야기이기도 하다. 독서를 하면서 얻게 되는 다양한 것들은 버릴 것이 하나도 없다.

내가 읽는 책은 언제나 내 편이었다. 현실의 벽에 부딪혀 힘들어 할 때 응원해주고, 불의의 사고로 의기소침해 있을 때는 다시 일어서는 용기를 줬다. 하루를 보내면서 만나는 모든 것에 감사하고 그들의 마음을 읽을 수 있도록 했다. 책은 성공자의 모든 것을 전해주며 용기와 희망으로 동기부여를 해준다. 기쁘거나 슬프거나 좌절하거나 아플 때도 언제나 삶의 희망을 잃지 않도록 이끌어 준다.

책은 한 가지 질문에 다양한 대안과 의견을 제시하도록 해준다. 책읽기는 창의적이고 확산적인 사고력을 길러 주고, 꾸준히 책을 읽으면 다양한 관점에서 현실을 바라보는 통찰력이 생긴다.

《내 인생 5년 후》에서 하우석은 이렇게 주장하고 있다. 미켈란젤로가 천장벽화를 그리는 데 5년이 걸렸고, 콜럼버스가 아메리카 대륙을 발견하는 데도 5년이 걸렸다. 셰익스피어는 4대 비극을 5년 만에 완성했고, 다산 정약용이 그의 대표작들을 5년 동안의 기간에 완성했다.

라이트 형제가 무동력 글라이더 제작에서 비행에 이르기까지도 5년이 걸렸다. 꼭 이루고 싶은 꿈과 열정이 있다면 5년간 그 일에 미쳐보라는 것이다.

세계적인 동기부여가 찰스 존스는 "지금부터 5년 후의 내 모습은 두 가지에 의해 결정된다. 지금 읽고 있는 책과 요즘 시간을 함께 보내는 사람들이 누구인가 하는 것이다."라고 말했다.

책을 읽고 5년 후의 모습을 그려보기 시작했다. 내가 가고자 하는 길과, 되고 싶은 것과, 미래에 하고 있을 일을 생각했다. 노트를 펼치고 우선 5년 후의 날짜를 썼다. 그리고 다섯 가지의 목표를 적었다. 지금까지 아침마다 일어나서 처음 하는 일은 노트에 적어 놓은 목표를 읽어보며 되새기는 일이다. 아침에 이렇게 하는 것은, 자신을 돌아보며 반성하고 새롭게 다짐하며 하루를 계획 속에서 살도록 해주는 힘이 된다.

5년 후의 모습을 그려보고 나서 아래의 질문들을 스스로에게 하는 명상의 시간을 갖는다.

'내 인생이 어디를 향해 가고 있는 것일까?'

'나는 지금 잘 하고 있는 것일까?'

'후회 없이 하루를 보내고 있는가?'

'내가 알고 있는 것을 제대로 실천하고 있는가?'

'생각과 행동이 일치하는가?'

항상 질문하며 살아가야 한다고 생각한다. 이런 질문을 할 때마다 자기성찰이 이뤄지고, 미진한 부분은 개선하게 되고, 또한 질문이 행동으로 옮겨질 수 있는 힘을 만들어 준다. 인생을 살아감에 있어서 지나간 일을 검토하고 다가올 미래를 대비하기 위해서도 꾸준히 질문을 던지고 답을 찾아 나가는 과정이 필요하다. 질문을 자신에게 던질 수 있도록 해준 것은 바로 책이다.

독서를 하면서 배운 것들은 일상에서 접할 수 없는 것들이다. 책을 읽을 때마다 성장하는 이유이기도 하다. 책은 나에게 많은 것을 가르쳐 주었다. 당신도 책을 읽기를 바란다. 인생이라는 것이 극적으로 바뀌지는 않지만 바뀔 수 있는 계기를 만들 수 있다. 책을 읽으면서 꿈을 꾸다보면 그것이 꿈에서 그치지 않고 현실로 조금씩 다가오지 않을까.

03

나에게 필요한 것은 '자존감'이었다

"자기계발서를 읽고 하나씩 실천하는 동안 바닥에 떨어져 있던 자존감이 살아났다.
그때부터 내 모습을 사랑하기 시작했다.
나의 진정한 존재 가치를 인식하기 시작하게 됐다."

자존감은 말 그대로 자신을 존중하고 사랑하는 마음이다. 스스로 가치 있는 존재임을 인식하고, 인생의 역경에 맞서 이겨낼 수 있다고 자신의 능력을 믿는 일종의 자기 확신이다.

학창시절에 작은 키와 까맣게 탄 피부로 인한 스트레스가 많았다. 하지만 스트레스를 해결할 다른 방법은 없었다. 키를 억지로 키울 수도 없고, 피부를 하얗게 할 수도 없었기 때문이다. 그럼에도 늘 고민이 되었던 건 키나 피부가 평균치와 한참 차이가 나서였다. 친구 관계나 학업에 있어서는 문제되는 것이 전혀 없었다. 하지만 늘 두 가지의 고민은 나를 위축되게 만들었다. 가끔은 피부가 왜 그렇게 까마냐고 하는 사람들도 있었다. 다른 모든 것들에 있어서는 항상 자신이 있었지만 작은 키와 피부색은 자신감을 떨어트리는 요인이었다.

사회에 진출해 직장 생활을 하면서부터는 키와 피부색으로 인한 고민거리가 나도 모르는 새 사라졌다. 사실 삶을 살아가는 데 있어서 키가 작고 피부가 좀 까맣다는 것은 전혀 문제가 되지 않는다. 특별한 장애가 없음에도 이런 것이 고민이었다는 것에 반성을 하기도 했다. 내 삶에 당당해지기 위해서 그런 쓸데없는 고민은 할 필요조차 없다.

내게 부족했던 것은 자존감이었다. 건강한 신체로 살아갈 수 있는 것에 감사할 줄을 몰랐던 것이다. 그런데 한편으로 생각하면 우리 사회가 큰 키를 너무 선호하는 경향이 있기 때문에 나도 모르게 그런 스트레스가 자리 잡았을지도 모른다. 그 때문에 많은 스트레스를 받았던 나 역시도 우리 아이들이 키가 컸으면 하는 생각을 하고 있으니 말이다. 사실은, 삶을 살아감에 있어서 키나 피부색은 전혀 문제가 되지 않는다. 그럼에도 우리 아이들에게 늘 신경이 쓰이는 것도 사실이다. 지금도 가끔 농담처럼 그 얘기하는 사람이 있지만 그냥 웃어넘긴다. '그래서 어쩌라고.' 이렇게 받아치면서 말이다.

직장 생활이 10년을 넘어가면서 또 다른 자괴감 같은 것이 왔다. 매달 받는 월급으로는 생활에 어려움이 있었다. 게다가 더 나아지리라는 보장도, 더 나은 미래도 보이지 않았기 때문이다. 그런 상태가 지속되어감에 따라 점점 자신감도 잃게 되고 자존감마저 사라지고 있었다. 심지어는 금전적인 부분에 생각이 집중되다보니 나도 모르게 우울증이 오기도 했다. 다행히도 우울증이 길게 가진 않았지만, 그때 우울증이 오던 순간을 잊지 못한다. 비관적인 일에 몰입되는 순간 어찌할 수 없는 현실에 스스로가 갇히는 느낌이었다. 순간 이래서는 안 되겠다는 생각으로 그 고민을 머릿속에서 들어내 버렸다. 한 가지 생각에 몰입되는 상태에서 벗어나니 뾰족한 해결방법이 없음에도 우울증은 벗어날 수 있었던 것이다.

직장 동료들도 마찬가지였다. 누구는 가늘고 길게 가는 것이 목표라고 얘기한다. 원대한 목표는 없더라도 가늘고 길게 가는 것이 어떻게 인생의 목표란 것인지 안타까웠다. 직장에서 꿈과 목표를 세우고 이뤄가는 사람도 있겠지만, 대부분의 직장인들은 하루하루 버티며 1년을 그런 식으로 살아가고 있다. 계속해서 그렇게 살아가다가 그 끝에서 어떤 삶을 만나게 될지는 누구도 알 수 없다. 하지만 결코 긍정적인 만남은 아닐 것이란 생각이 든다.

낙상사고가 난 후 내게 가장 필요했던 것은 사고에서 회복하는 일과 자존감 회복이었다. 사고가 나기 전 나의 자존감은 끝도 없는 맨 밑바닥까지 떨어져 있었다. 어쩌면 그것이 사고의 한 원인이었을지도 모른다. 끔찍한 사고가 있었긴 했지만 바닥까지 내려온 자존감을 회복해야 했다. 책은 그런 내게 구세주와 같은 존재였다. 취미로서의 독서에서 몰입의 독서, 생존의 독서로 바뀌어 가는 계기가 됐다.

같은 책이라도 그것을 어떻게 읽느냐에 따라서 각자에게 느껴지는 존재감은 다르다. 나는 많은 자기계발서를 읽기 시작했다. 책에서는 동기부여뿐만 아니라 구체적인 방법들을 제시한다. 그리고 그대로 하라고 한다. 나는 책을 읽는 것에서 그치는 것이 아니라 그대로 계획하고 행동하는 지침으로 삼았다. 변화를 위해서는 행동이 반드시 필요하다. 책을 읽고 아무런 실천도 하지 않으면 아무런 일도 일어나지 않는다. 자기계발서를 읽고 하나씩 실천해나가는 동안 바닥에 떨어져 있던 자존감이 살아나기 시작했다. 몸에 비록 큰 상처를 남기고 회복 과정에 있었지만 그런 내 모습을 정말로 사랑하기 시작했다. 나의 진정한 존재 가치를 인식하기 시작하게 됐다.

자신을 사랑하기에 운동도 더욱 열심히 하게 되었다. 부모에게 물려받은, 사고에서 서서히 회복되는 신체를 더 잘 관리하려는 것이다. 물론, 몸 안에 좋은 영양분으로 채우려고도 노력한다. 이 모든 것은 자신에 대한 사랑, 즉 자존감 회복에서 시작된 것이다.

지금도 독서로 나의 가치를 찾고, 인생의 의미와 방향을 찾아가는 과정에 있다. 자존감을 키워서 내 삶의 당당한 주체로 살아갈 것이다.

그리고 더 나은 사회공동체 건설을 위해 사람들과 함께 노력하는 삶으로 살아가려 한다. 책은 나의 자존감을 깨워 주었고, 살려냈다. 나는 앞으로 무엇이든 할 수 있다.

자존감을 지켜나가기 위해 다음과 같은 문구를 적어서 벽에 붙여 놓았다.

첫째, 다른 사람과 비교하지 않으며 내가 좋아하는 것을 즐긴다.

둘째, 새로운 일을 두려워하지 않고 도전한다.

셋째, 다른 사람의 기대에 맞추지 않고 내 마음속의 소리에 귀를 기울인다.

넷째, 항상 긍정적으로 생각하며 단순하게 생각한다.

다섯째, 모든 것에 고정관념을 갖지 않는다.

지금 내 인생의 중간지점을 막 지났는지도 모르겠다. 남아 있는 반은 자존감을 잃지 않고 살아갈 것이다. 모든 것은 생각하기 나름이다. 나를 존중하고 사랑할 때 더욱 주체적으로 이끄는 삶을 영위할 수 있다고 생각한다.

주어진 삶에서 주인공은 언제나 자기 자신이다. 주인공을 지켜내야 당신의 삶도 행복해진다. 자신에게 사랑을 듬뿍 베풀자. 그 사랑은 세상을 밝게 바라보게 할 것이다. 당신도 책 속에서 답을 찾고 자존감을 지켜나가는 힘을 얻길 바란다. 자존감을 굳게 지켜나갈 때 인생의 문도 크게 열리는 계기가 될 것이다.

04

독서는 삶의 고비를 넘기는 지혜다

"불의의 사고로 시련을 겪는 동안 독서는 내 삶에 긍정적 영향을 줬다.
끔찍한 삶의 고비를 넘기는 지혜를 줬다.
책에서 얻은 교훈을 행동으로 옮겼을 때 더욱 빛이 났다."

병실에 누워서 지낸 지 어느덧 보름이 지나가고 있었다. 어디서부터 잘못 되었는지 실타래를 풀고 싶었다. 지금 내가 왜 이런 모습으로 병실에 누워서 지내고 있는지 앞으로는 어떻게 살아야 하는지 고민했다. 수많은 생각들이 교차했다. 계절은 한창 겨울의 한복판으로 달려가고 있었다. 병실에 누워서 겨울을 따뜻하게 보내는 것에 오히려 감사하다는 생각도 했다. 하지만 뭔가 채워지지도 않고 생각이 정리되지도 않는 하루하루를 보내고 있었다. 몸을 움직이기도 불편한 상태이긴 했지만, 깨어 있는 시간에 특별히 하는 것 없이 보내는 것도 고통스러웠다. 이렇게 시간 낭비를 하면 안 되겠다는 생각에 아내에게 전화를 걸었다.

“자기야, 가방에 내가 읽고 있었던 책 좀 올 때 가져와 줘.”

“응, 그거 하나만 가져가면 돼?”

“일단 《월든》가져오고, 책꽂이에서 몇 권 더 가져오면 좋겠네.”

“알았어. 이따가 봐.”

사고가 나기 전에 읽고 있었던 책은 헨리 데이빗 소로우의 《월든》이었다. 아내가 가져다 준 책을 받아들고 조금씩 읽어 나가기 시작했다. 사고가 나기 전에 한참 독서에 빠져들고 있었다. 책을 읽다보면 책에서 책으로 연결이 된다. 그렇게 연결되는 길을 따라 독서를 하고 있었다. 한 가지 분야에 집중하기 보다는 읽고 있는 책에 언급되거나 추천되는 책들을 섭렵하면서 읽어 왔었다.

정신은 멀쩡하였지만 등 쪽에 30여 센티미터를 절개하고 흉추에는 6개의 핀으로 고정하는 수술을 했기에 몸을 움직이는 것이 자유로울 수가 없었다. 바로 누워 있어도 불편하고 해서 왼쪽, 오른쪽으로 번갈아가며 계속해서 자리를 바꿨다. 보호기에 의지해서 일어설 수 있었을 즈음에는 식사를 할 때도 보호대를 차고 서서 밥을 먹었다. 그만큼 누워 있거나 앉아 있는 것의 고통과 불편함은 이루 말할 수가 없었다. 그러다보니 아내에게 부탁해서 가져온 책들도 집중해서 읽기는 어려웠다. 그래도 잠깐의 집중이라도 할 수 있을 때마다 조금씩 독서를 했다. 책 속의 세계에 빠져들면 잠시나마 내가 병원에 이런 꼴로 누워 있다는 것도 잊은 채 보낼 수 있었다.

병원에 있는 동안 읽은 책들은 사고 전의 나를 만나게 해줬다. 길게는 40년, 짧게는 20년의 삶을 되돌아보며 성찰하도록 했다. 대학교에 입학하면서 울산을 떠나 서울로 오게 된 일, 그 날부터 새로운 환경에 맞서며 살아온 행적을 하나하나 생각해봤다. 좋았던 일들보다 누군가에게 상처를 줬던 일과 자신에게 상처를 남겼던 일들, 아쉬웠던 일들이 차례대로 머릿속에서 영상으로 펼쳐졌다. 지나간 과거의 시련이나 상처를 통해 난 무엇을 깨달았고 무엇을 개선했는가 라고 나 자신에게 질문을 던졌다. 잠깐의 반성이나 후회들은 있었지만, 큰 깨달음과 변화된 흔적은 없었다. 지금의 사고로 몸과 마음을 다치고 아내와 아이, 부모님에게까지 상처를 줬다. 이번엔 꼭 달라져야 한다고 생각했다. 중환자실을 거치고 수술을 받으면서 이미 변화를 다짐했었다. 변화해야겠다는 생각은 마음속 깊은 곳에서 솟아났다. 더 이상 이렇게 무책임하게 삶을 살아갈 수는 없다고.

병원에서 퇴원하고도 누워서 지내야 하는 생활은 계속되었다. 아이들은 각자 학원에 가거나 친구를 만나러 나가고, 아내는 아침부터 일하러 나갔다. 병원에서와 마찬가지로 홀로 남아 누워서 하루를 소화해야만 했다. 여전히 누워서 내가 할 수 있는 일들은 많지 않았다. 스마트폰으로 기사를 보거나 책을 보는 것이 다였다. 책에 관심을 더 많이 가질 수밖에 없었다. 인터넷 서점에 수시로 드나들면서 베스트셀러나 MD추천 또는 신간 위주로 많이 탐색했다. 읽고 싶은 책이 너무 많았다.

많은 책들을 주문하고, 나는 책 속의 세계로 빠져들었다. 조영근의 《긍정일기》를 읽고는 간간이 쓰던 일기를 매일 아침 하루를 시작함과 동시에 쓰기 시작했다. 그 이후 지금까지 하루도 빠지지 않고 긍정일기를 쓰면서 하루를 시작한다. 하우석의 《내 인생 5년 후》를 읽고, 5년 후에 달성할 목표와 계획을 세워 노트에 적었다. 새벽에 일어나자마자 가장 먼저 이 계획을 읽고 묵상하는 것이 일상이 됐다. 노트에 적어 놓은 목표는 반드시 이루어진다는 것을 의심하지 않는다. 그 속에는 간절함과 진실함이 깃들어 있기 때문이다.

집에서 보낸 시간이 한 달이 넘어갈 즈음부터 조금씩 혼자서 이동하는 것이 가능해지기 시작했다. 내가 할 수 있는 행동반경이 넓어졌다. 여전히 날씨는 추웠으나 짧게나마 산책도 했다. 아내가 일하는 곳까지 걸어가 보기도 했다. 바람이 불어 내 얼굴에 부딪히는 느낌만으로도 내가 살아있음을 느꼈다. 누군가에게는 일상인 것이 내게는 이토록 간절하고 감사한 일이었다. 한 걸음씩 내딛는 것조차 힘겨웠지만 그 또한 감사한 일이었다.

짐 론의《내 영혼을 담은 인생의 사계절》의 구절이 마음속 깊이 다가왔다.

"우리에게 주어지는 매일매일은 새로운 봄이다. 오늘의 생각과 행동, 꿈 그리고 노력은 내일의 수확물을 결정한다. 오늘 우리에게 주어진 기회를 무시하는 것은 우리의 보다 나은 미래를 지연시키는 셈이다.

오늘을 어제 일을 회상하는 데 사용하지 말고 내일이 오기를 기다리는 데 사용하지도 마라. 내일이 오면 그것은 '오늘'이라고 불릴 것이다. 시작하기에 지금보다 더 나은 날, 더 나은 기회, 더 나은 봄, 더 나은 시기는 없다. 지금 이 순간을 붙잡고 그것을 보다 나은 미래를 만드는 데 이용하라. 오늘 지체하면 내일은 분명히 후회하게 될 것이다."

오늘 하루를 어떻게 사느냐가 미래를 결정한다. 그러므로 지금 이 순간을 놓치지 말고 살아야 하는 것이다. 짐 론의 책을 읽고 확실히 매 순간을 집중하고 헛되이 보내지 않으려 했다. 씨앗을 뿌린다고 해서 씨앗이 당장 결과로 나타나 수확물을 내주지는 않는다. 씨앗은 시간이 지나고 때가 되어야 열매라는 결과물을 준다. 주어진 단 하루를 잘 했다고 해서 당장 결과물을 얻을 수 없는 것도 이와 같은 이치다. 그런 하루들이 모여서 삶과 인생의 결실을 맺게 되고, 하루하루를 얼마나 충실히 보냈는지에 따라서 원하는 결과나 성공의 결실도 달라진다.

집에서 보낸 두 달 동안 책을 읽으면서 진정한 나를 찾아가고 있었다. 예상치 않게 닥쳐온 사고라는 시련을 겪으면서 독서는 구심점이 되었다. 그렇게 읽어 나간 책들은 고스란히 내 삶에 긍정적인 영향을 줬다. 보다 나은 삶을 향해 나아갈 힘을 만들었고, 꿈으로 가는 길에 초석을 다지게 했다. 내가 뿌리는 씨앗들은 때가 되면 그 결실을 가지고 나를 찾아올 것이다. 독서는 이 끔찍한 삶의 고비를 넘어가는 큰 지혜를 줬다. 책에서 얻은 교훈을 행동으로 옮겼을 때 더욱 빛이 났고, 변화할 수 있는 시작이 되었다.

05

책은 가장 현명한 상담자이다

"책은 꿈으로 이끄는 인내심이 넘치는 교사다.
현명한 답을 제시하고, 원하는 삶으로 이끄는 안내자다. 우리가 가장 쉽게 만날 수 있는,
가장 현명한 상담자가 바로 책이다."

세상을 살아가면서 많은 고민들과 맞서게 된다. 누구에게는 아무것도 아닌 것일 수도 있지만 당사자에겐 엄청나게 힘든 일이다. 고민은 혼자서 마음에 담고 있으면 안 된다. 마음에만 담고 있게 되면 내부에서 확장되고 커져서 나중에는 걷잡을 수 없는 지경에 이를 수도 있다.

대학교 새내기 시절이었다. 어릴 적부터 울산에서 쭉 살아왔던 나는 대학교에 진학하면서 서울 생활을 시작했다. 새로운 환경에서 시작하는 새로운 삶이 나를 맞이했다. 서울 생활은 사실 모든 것들이 새로웠다. 처음 타보는 지하철, 드넓어 보이는 대학 캠퍼스, 전국 각지에서 올라온 대학 동기들, 동아리라는 새로운 경험 등 모든 주변 환경이 새

롭게 느껴졌다.

많은 새로운 친구와 선배들을 만나고 어울리면서 나도 모르게 인생과 삶에 대한 고민이 내면에서 커져 가고 있었다. 당시 큰누나와 자취를 하고 있었지만, 누나에게 고민을 털어놓지는 못했다. 모든 환경이 바뀌어서일까, 새로움과 낯설음이 뒤섞이면서 한편에선 고민들이 싹트고 있었다. 어쩌면 고등학교 때까지의 통제된 삶으로부터 갑자기 모든 것들이 해방되면서 고삐가 풀려 생겼던 것일지도 모른다. 여태껏 내가 내성적이라고 생각해 본 적은 없었고, 친구들과도 잘 지내며 살아왔다. 그런데 새롭게 만난 친구들이 내 감성을 흔들어 깨운 것인지는 모르지만, 문득 내성적인 나를 만나게 됐다. 그리고 그것은 또 하나의 작은 고민거리로 자리를 잡았다.

특히 친구에 대한 고민이 많았다. 친구란 어느 범위까지를 말하는지, 또 진정한 친구란 어떤 것인지에 대해서 많은 생각을 했다. 사실 결론이 나지 않는 고민이었다. 그때 읽었던 몇 권의 책에서 답을 찾으려고도 했었다. 책을 읽고 깊이 생각해보고 결론 아닌 결론을 얻으려고 노력했다. 물론 정답은 없었다. 하지만 고민에서 벗어나기 위해서는 나름의 노력이 필요하다고 생각했다. 그 방편의 하나가 책이었다.

책에는 모든 지혜가 담겨 있다고 한다. 그렇다. 책은 누구나 가장 쉽게 다가갈 수 있고 현명한 상담자의 역할을 대가없이 해준다. 생각의 깊이와 넓이를 확장시켜서 문제나 고민에 대해 나름의 결론을 내리도록 도와준다.

친구란 무엇일까? 그냥 곁에 있어주기만 해도 되는 사람이라고 할 수도 있다. 나를 스쳐 지나간 인연이 모두 친구이기도 하다. 하지만 그렇게만 바라보며 생각한다는 것이 어려웠다. 진정한 친구라면 적어도 내 삶에서 중요한 자리를 차지하며 역할을 할 수 있어야 한다고 생각했다. 나 역시 누군가에게 그런 사람이 되고 싶었다. 힘들 때 곁에 있어줄 수 있고, 진정한 마음을 나눌 줄 아는 사람이 친구라고 생각한다. 가식이나 위선의 모습이 있어서는 안 된다. 책과 친구는 수가 적고 좋아야 한다고 《작은 아씨들》의 저자 루이자 메이 올컷이 얘기했다. 나도 그렇게 생각했다. 단 한 권의 책이더라도, 단 한 명의 친구이더라도 진정으로 나와 마음을 나누고 공유할 수 있으면 된다고 말이다.

사고에서 회복과정에 있을 때는 책과 많은 대화를 나눴다. 특히 자기계발서를 읽으며 내 삶에 어떻게 하면 잘 적용시킬 것인지, 내 꿈은 어떻게 찾아갈 것인지 많은 질문을 하며 대화를 했다. 책 속에서 얻은 정보나 지혜들을 내 생활에 적용하려고 많은 시도를 했다. 모든 것에 정답은 없겠지만 그렇다고 해서 실천해보지 않는다면 책을 읽고도 변화란 있을 수 없다. 그렇기에 작은 하나라도 행동으로 옮기고 적용해보려고 했다.

나폴레온 힐은 저서 《놓치고 싶지 않은 나의 꿈 나의 인생》에서 신념이 기적을 일으킨다면서 다음과 같은 시를 마음속에 새겨두라고 얘기한다. 나는 그 시를 노트에 적어 놓고 자주 보면서 흔들리지 않는 마음을 유지하려고 노력한다.

"당신이 진다고 생각하면 당신은 질 것이다.
당신이 안 된다고 생각하면 당신은 안 될 것이다.
당신이 이기고 싶다는 마음 한구석에
이건 무리라고 생각하면, 당신은 절대로 이기지 못할 것이다.
당신이 실패한다고 생각하면 당신은 실패할 것이다.
돌이켜 세상을 보면 마지막까지 성공을 빌었던 사람만이 성공하지
않았던가.
모든 것은 사람의 마음이 결정한다.
당신이 이긴다고 생각하면 당신은 승리할 것이다.
당신이 무엇인가를 진정으로 원한다면 그대로 될 것이다.
자아, 다시 한 번 시작해보라.
강한 자만이 승리한다고 정해져 있지는 않다.
빠른 자만이 이긴다고 정해져 있지도 않다.
할 수 있다고 생각하는 자가 끝내 승리할 것이다."

모든 것은 마음이 결정하고, 할 수 있다는 생각이 승리한다는 말에 공감했다. 누구도 이견을 달지 않을 것이란 것을 안다. 세상사는 마음먹기에 달려있는 것이다. 그 마음먹는 요소 중에 독서란 것을 장착하자. 그것이 당신의 삶에서 가장 현명한 일이란 것을 의심하지 않는다.

나폴레온 힐의 메시지는 삶을 살아가는 데 있어서 흔들림 없이 나아가도록 안내자와 조언자의 역할을 한다. 신념은 삶에서 가장 중요한 요소이다. 꿈이나 목표를 향해서 전진할 때는 흔들리지 말아야 한다. 마음에 뿌려놓은 신념이라는 씨앗이 흔들리게 되면 무엇도 이루기가 어려워진다. 뿐만 아니라 중도에 포기하는 일이 벌어질 수도 있다. 인생에서 어떤 어려움이 와도 꿋꿋이 버틸 수 있는 힘은 굳건한 신념에서 나온다. 자기계발에 관한 책을 꾸준히 읽으면 신념을 세울 수도, 유지할 수도 있게 된다. 책은 꿈으로 이끄는 인내심이 넘치는 교사다. 그러니 책을 놓지 말고 몰입해서 꾸준히 읽어야 하지 않을까.

살아가면서 인생의 멘토가 없다면 당장 책을 멘토로 받아들이자. 책에는 내가 알고 싶은 답이 있으며, 언제나 조언을 아끼지 않는다. 또한 경험하지 못한 것을 간접적으로 경험하도록 한다. 조건도 없다. 단지 책을 읽으면 된다. 그러면 책은 인생의 멘토가 되어 멘토링의 역할을 한다. 현명한 해답을 제시하고 원하는 삶으로 이끄는 안내자로서 역할을 한다. 우리가 가장 쉽게 만날 수 있는 가장 현명한 상담자가 바로 책이다.

06

온전히 나를 사랑하는 법을 배운다

"자신을 있는 그대로 사랑하자.
이것이 삶을 제대로 대하는 방법이자 출발점이다. 있는 그대로의 모습을 인정하고
미래를 향해 나가자. 그러면 자신을 사랑하는 마음이 생겨난다."

"자기 자신의 주인이 되지 못하는 사람은 진정으로 자유로울 수 없다."

철학자 에픽테토스는 삶의 주인공으로 살아야 진정으로 자유롭게 살 수 있다고 얘기했다. 대부분의 사람들은 자신을 사랑하기보다 남들에게 비쳐지는 모습에 신경을 쓰며 산다. 그리고 남들이 어떻게 생각하는지를 늘 고민한다. 내가 없으면 세상이라는 것도, 상대방도 의미가 없다는 것을 알아야 함에도 말이다.

지금 우리에게 가장 필요한 것은 무엇일까? 저성장시대에 살아가고 있는 우리는 모두 삶이 힘들고, 인간관계도 쉽지 않다고 느낀다. 하루하루 생존을 위해 살아가고 있다. 치열하게 살아가느라 자신을 돌아

볼 기회조차 갖지 못한다. 이런 때일수록 잠시 삶의 고삐를 내려놓고 자신만의 시간을 가져봐야 한다.

무슨 일에 있어서든 인내심을 갖고 끈기 있게 하는 것은 중요하다. 하지만 고민이나 인간관계에서 오는 문제들을 속으로 삭히면 안 된다. 한국 사회에는 '참는 것이 미덕이다.' 라고 믿는 사람들이 많다. 이런 생각은 갈등을 최소화하고, 가족 간의 조화를 유지하는 데 일시적으로는 도움이 된다. 하지만 개인의 정신 건강에는 도움이 되지 않는 경우가 많다. 실제로는 스스로가 인정하지 못하는 것들을 속으로 삭히는 것들이 쌓이면 속병을 앓게 된다. 심할 경우 우울증이나 화병을 가져오기도 한다. 무턱대고 모든 것을 참는 것은 미덕이라고 할 수 없다.

예전에 직장 상사와 이렇게 얘기했던 적이 있다.

"부부싸움을 하게 되면 말이야, 남자는 무조건 하고 싶은 말을 참아야 해."

"왜요?"

"여자는 이성적인데 비해서, 남자는 감성적이라서 정리되지 않은 솔직하지도 않은 말들을 해버리기 때문이야."

"그래도 할 말은 해야 하지 않나요?"

"아니야, 혹 아내가 잘못이 크다고 하더라도 남자가 양보하는 게 가정 평화를 위해서 좋아. 내가 살아보니까 자고 일어나면 항상 전날 했던 말이 후회가 되더라."

"아, 그렇습니까?"

"부부간에 말다툼이 있으면 하루가 지나고 나면 보통 아무 일 아니듯이 해결이 되더라구. 그래서 부부싸움은 칼로 물 베기라고 하는지도 몰라."

사실 그랬다. 우리 부부도 말다툼을 하고나면 항상 며칠간 좋지 않은 관계로 지내왔었다. 직장 상사의 얘기를 듣고는 부부싸움을 하더라도 하고 싶은 말은 꾹 참았다. 처음부터 잘 되지는 않았지만, 언제나 참으려고 노력했다. 그 결과 불편해진 사이가 금세 좋은 관계로 돌아오곤 했다. 이후 나도 후배 사원이나 결혼을 앞둔 직원들에게 덕담으로 같은 얘기를 해줬다. 그들은 얼마나 공감하고 실천하는지 궁금하기도 하다.

부부간이든 친구간이든 직장에서든 다툼은 발생한다. 그 이유는 의견차이이거나 업무 중 불찰 내지는 문제가 생겼을 경우다. 그럴 경우 감정을 앞세워 목소리를 높이게 된다. 목소리를 크게 낸다고 해서 싸움에서 이기는 것은 아니다. 감정만 앞세우기 때문에 목소리가 커지게 되고 서로의 기분만 상하게 할 뿐이다. 감정을 조절해서 사실만을 가지고 의견이나 생각을 얘기하고 해결하도록 노력해야 한다.

이런 일을 겪으면서 두 가지 깨달음을 얻었다. 하나는 부부간 충돌 시에는 적극적으로 한 쪽에서 들어주는 것이 원만한 해결의 지름길이라는 것이다. 쌍방에 서로 다른 의견을 얘기하고 자기주장만 하다보면 더 악화될 가능성이 크기 때문이다. 두 번째는 감정이 격할 때는 한 쪽에서 양보하는 자세가 반드시 필요하다. 부부간이나 친구간이나 대화에서 누가 승리하고 패배하고 하기 위한 것은 아니다. 그렇다고 들어주기만 해서는 안 된다. 차후에라도 자신의 의견을 정리해서 개진하면서 소통해야 함은 당연하다. 자신을 사랑한다면 항상 원만한 인간관계를 유지하도록 해야 한다.

책을 읽으면서 얻을 수 있는 것들은 많다. 그 중에서 가장 가치 있는 것은 스스로 사고하게 한다는 것이다. 눈으로 읽어 들인다고 모든 것들이 뇌에 저장되지는 않는다. 한 귀로 듣고 한 귀로 흘려버리면 들어도 알지 못한다. 주의를 집중해서 들어야 한다. 그것과 마찬가지다. 활자를 통해 뇌에 입력되는 정보들은 사고라는 과정을 거치지 않으면 온전히 저장될 수 없다. 그렇기에 우리는 책을 단지 읽기만 할 것이 아니라 생각하면서 읽어야 한다.

생각하며 책을 읽을 때 사고력이 키워진다. 그리고 사고력이 커질수록 읽는 책에 대한 흡수력 또한 커진다. 이렇게 우리는 책을 읽으면서 사고를 확장하며 성장해가는 것이다.

독서는 언제나 나를 돌아보게 한다. 최근의 일부터 오래된 일까지 말이다. 지나간 과거가 바뀌지는 않는다. 하지만 그 때의 일들에 대한 느낌이나 생각을 정리하면서 새로운 방향을 설정하고 미래지향적인 길로 향할 수 있다. 책을 읽으면서 자신에 대해 많은 생각을 한다. 그러면서 자신을 사랑하는 마음이 생겨난다.

아침에 일어나서 책을 읽는 나를 사랑하고, 가쁜 숨을 몰아치며 운동하는 나도 사랑한다. 책을 읽을 때 내가 살아 있음을 가장 강하게 느낀다. 무엇을 하든 지금 모습 그대로를 사랑한다. 지금 이미 완전하고 충분하다. 그런 생각이 새롭게 도전하는 힘을 만들어 준다.

자신을 있는 그대로 사랑하자. 이것이 삶을 제대로 대하는 방법이자 출발점이다. 있는 그대로의 모습을 인정하고 미래를 대비해나가자.

07

독서는 절대 배신하지 않는다

"노력은 결코 배신하지 않는다.
이와 마찬가지로 독서도 인간을 배신하지 않는다. 책 속의 지혜는 언제나 같은 자리에서
당신이 읽어 주기만을 기다리고 있을지도 모른다."

"현욱아, 스마트폰 그만보고 다른 것 좀 해라."

"얼마 안됐어요."

"그래 알았어. 공부를 하든지 책을 보든지 해."

"알겠어요."

"지난번에 아빠가 사 준 책 읽어봐."

얼마 전 아이들에게 책을 두 권씩 선물했다. 아이들의 하루를 모두 알 수는 없지만, 많은 양의 독서는 하지 않는 듯했다. 그래서 책을 사 주고 읽게 했다. 어릴 적에는 책도 꽤 많이 읽고 했는데, 커가면서 그 양이 현저하게 줄었다. 그도 그럴 것이 학교 공부에 학원 공부, 게다가

스마트폰까지, 독서를 방해하는 요인이 너무 많다. 어릴 적부터 그것이 생활화되었으니 일견 이해되는 부분도 있지만, 그렇더라도 아이들이 꾸준히 책을 읽을 수 있도록 동기부여를 해주고 있다. 책은 누구에게나 어떤 일에서나 도움을 준다는 것을 알기 때문이다.

후지하라 가즈히로는 《책을 읽는 사람만이 손에 넣는 것》에서 이렇게 얘기한다. '성장사회에서 성숙사회로, 정보 수집력보다 정보 편집력이 중요한 시대로 바뀌고 있다. 이런 시대에서 살아남으려면 책을 읽어야 한다.' 단순히 취미가 아닌 인생을 열어나가기 위한 독서를 강조하고 있다. 정보화 시대인 지금은 하루가 다르게 모든 것들이 변해가고 있고, 매일 많은 정보들이 쏟아지고 있다. 이런 시대를 살아가는 우리는 쏟아지는 정보를 변별할 수 있어야 한다. 즉, 정보를 선별하고 편집하는 능력이 필요한 것이다. 우리는 책을 통해 얻는 지혜로 그런 능력을 키워 나가게 된다.

책을 읽는다고 해서 책의 모든 내용을 숙지하기는 어렵다. 그것은 정독을 해도 마찬가지다. 천천히 마음에 새겨가면서 읽는다고 해도 책장을 덮을 때 머릿속에 남게 되는 것이 없을 수도 있다. 독서를 통해 수많은 문장들 사이에서 나를 성장시킬 단 한 문장만을 찾는다고 해도 그 책은 자신의 소임을 다한 것이라고 할 수 있다. 책에서 발견한 문장들이 쌓이면 나는 바뀌기 시작하고, 성장과 성공으로 가는 길로 안내된다. 인생은 책을 얼마나 읽었느냐에 따라 달라진다고 하는 것도 그러한 이유이다.

책을 읽을 때 눈으로만 읽는다면 책 속의 유익함이나 지혜를 남기기가 어렵다. 책을 읽을 때는 언제나 펜을 들고 읽는다. 읽어 나가면서 유익한 내용이나 좋은 문구들은 표시를 한다. 그리고 삶을 살아가는데 도움을 주고 힘이 되는 문장들은 노트에 옮겨 적는다. 책에 줄을 긋고 표시를 하며 읽는다고 해도 다시 그 책을 보기 전에는 그 문구들을 다시 볼 수 없다. 매일 보는 일기장에 적어두는 이유다. 적어둔 그 문장들을 보게 되면 생각의 정리에도 도움이 되고 새로운 아이디어와 다짐을 갖게도 된다. 스스로 동기부여를 받게 하는 나만의 방법이다.

책 속에서 얻는 정보나 지혜를 떠나서 책을 읽어서 손해 볼 것은 하나도 없다. 책을 읽는 이유나 목적은 다양하다. 정보를 얻거나 여가시간을 보내기 위한 가벼운 독서, 고전을 통한 선대의 혜안을 얻기 위한 독서, 자기계발서를 통해 동기부여를 받기 위한 독서 등이다. 이러한 모든 책들이 독자들의 더 나은 삶으로의 욕구를 충족시켜 준다. 책 한 권의 가격은 보통 1~2만원 정도한다. 이 정도의 가격으로 정보나 자기계발 등을 할 수 있는 방법은 흔치 않다. 책을 읽고 나서도 목표한 바를 성취하지 못한다고 해도 투자비용을 생각하면 후회할 필요가 없다. 오히려 저렴한 가격으로 정보를 얻고 자기계발을 할 수 있다는 것에 감사해야 할 것이다.

《배움을 돈으로 바꾸는 기술》의 저자 이노우에 히로유키는 책에서 이렇게 말한다. 사서 쌓아두어도 좋으니 책을 사라고 말이다. 독서를 통해 다른 사람의 지식과 사고방식 등을 자신의 것으로 만들 수 있다는 것은 정말로 행복한 일이다. 나는 내가 읽고 있는 책에 언급되어서 발견한 책과, 관심분야에 대한 책들의 정보를 접하면 노트에 따로 기록해둔다. 그리고 한 번에 구매한다. 바로 읽지 못하더라도 그 책을 통해 지혜를 얻을 수 있는 기회를 확보해두는 셈이다.

내가 책을 읽는 이유는 자기계발을 하거나 위로를 받기 위함이기도 하다. 정확히 말하면 독서를 통해 인생을 업그레이드시켜 나가기를 원한다. 관심분야에 대한 독서로 지식의 확장을 꽤하기도 하고, 전혀 새로운 분야를 접하면서 안목을 넓히는 독서가 되기도 한다. 독서는 모든 공부의 시작이기도 하면서, 책 속에서 얻는 지혜들로 인해 발전해 나가는 삶이 가능하다. 즉 독서로부터 인생의 변화가 시작된다고 해도 무방하다.

노력은 배신하지 않는다. 우리는 학창시절 더 좋은 성적을 위해서 노력했고, 직장에서 살아남기 위해서도 끊임없이 노력한다. 그 방법이 정당한 것이기도 하고 때론 비열한 것일 수도 있다. 하지만 목표는 같다. 지금의 자리를 유지하거나 향상시키기 위함이다. 물론, 비열하거나 비겁한 일은 하지 않아야 한다. 우리에게 주어진 이 삶은 재연이 불가하다. 한 번 지나가면 변경 불가하다. 그런 만큼 후회를 남기지 않는 삶을 만들도록 하자. 살아가면서 언제나 현명한 선택을 하기는 어렵다. 하지만 역시 그렇게 하도록 노력해야 한다. 책은 분명히 인생에서 조력자의 역할을 한다. 꾸준한 자기계발은 책으로부터 시작하자.

책 속의 지혜는 언제나 그 자리에 있다. 당신이 읽어 주기를 기다리고 있을지도 모른다. 독서를 시작한다고 해서 당장 인생이 변하지는 않는다. 하지만 꾸준하게 이어나가 습관으로 만들 수만 있다면 당신의 인생이 변하기 시작할 것이다. 아주 적은 금액으로 엄청난 효과를 얻을 수 있는 것이 바로 독서다. 독서는 절대로 당신을 배신하지 않는다. 평생을 함께 할 친구로 오늘부터 받아들이면 어떨까.

CHAPTER 05

제5장 책 속에서 새로운 '관계'를 배운다

01

외롭다고 아무나 만나지 마라

"외롭고 힘들다고 해서 아무나 만나지 말아야 한다.
나와 같은 생각과 이상을 갖고 있는 사람들과 함께 가야 한다.
내가 선택한 사람들과 함께더 행복한 인생을 만들어 가자."

누구나 삶의 의욕을 잃고 방황하는 시절이 있다. 그런 상황이 되면 누군가에게 기대고 의지하고 싶어진다. 한 번 의지하고 도움을 받으면 계속해서 의지하게 된다. 그런 삶이 계속되면 꿈도 꿀 수 없고 인생을 꾸려갈 의지 또한 꺾여 버려서 자기만의 삶을 잃게 될지도 모른다.

배고프다고 아무거나 닥치는 대로 먹는다면 건강을 해치게 된다. 그렇듯이 외롭고 힘들다고 해서 아무나 만나고 다니면 정작 만나야 하는 사람을 만나지 못한다. 일을 함에 있어서도 우선순위가 있다. 시급하고 중요한 일을 가장 먼저 해야 한다. 중요하지도 않고 급하지도 않은 일에 시간을 쓴다는 것은 그야말로 낭비하는 삶이다. 인간관계도 마찬가지다. 우리는 살아가면서 중요하지도 않고 꼭 필요한 것이 아닐 수도 있는 다양한 사람들과 만난다. 우연으로든지, 자신의 의지로든지, 상대방의 요청으로든지 말이다. 그러면서 시간을 허비한다.

직장생활을 생각해보더라도 우리는 중요하지도 않고 의미도 없는 많은 만남으로 시간을 보낼 때가 많다. 일과를 마치고 주어지는 시간은 얼마든지 자신에게 투자하며 생산적으로 활용할 수 있다. 하지만 동료들과의 술자리나 회식 등으로 많은 시간을 보낸다. 회사 일에 대한 이러저러한 잡다한 얘기나, 상사에 대한 험담을 하면서 말이다. 서로 그런 얘기를 하고 들어준다고 해서 인생에 보탬이 되는지는 깊게 생각해봐야 할 문제다. 게다가 그런 동료가 미래에도 계속해서 관계를 가지고 갈 만한 사람인지도 분별해봐야 하지 않을까.

우리는 주어진 인생길을 혼자서 뚜벅뚜벅 걸어가야 한다. 누구도 대신해서 살아줄 수 없다. 가는 길이 때론 외롭고 적막하게 느껴질 수도 있다. 그럴 때마다 책은 큰 힘이 되어주고 벗이 되어 준다.

이와이 도시노리의 《나는 더 이상 착하게만 살지 않기로 했다》에 나오는 말이다.

"싫은 사람이 있다는 사실을 받아들이자. 남이 나를 멀리할 수 있다. 인간관계가 뜻대로 안 될 때도 있다. 누구나 인간관계에 호불호가 있는 건 당연한 일이다. 나와 성격이 잘 맞는 사람도 있고, 안 맞는 사람도 있다. 어쩔 수 없는 일이다. 그러나 최선은 아니지만 더 나은 선택을 하고, 때로는 업무라는 생각으로 협력만 할 수 있다면 자신과 주변에 피해를 주는 일은 없다. 인간관계에 '건설적-비건설적' 기준을 세운다면 건설적 범위에 속하게 노력하면 된다."

자기 자신을 속이면서까지 싫은 사람과 친하게 지낼 필요는 없다고 얘기하고 있다. 이렇게 생각하면 인간관계가 조금 더 편해지고 사람들과의 관계에서 오는 스트레스에서 벗어날 수 있다. 세상을 살아가는 단계마다 수많은 인연을 만들어 가고 있다. 하루를 보내면서도 많은 사람들을 만나기도 하고 스쳐 지나가기도 한다. 그 중에는 직접적으로 이어지는 인연도 있고, 아무런 관계가 되지 않기도 한다. 나와 이루어지는 많은 인연들을 자신이 거부할 수 있는 방법은 없다. 하지만 그 인연들 중에서 남기고 싶은 사람들을 자신이 선택할 수는 있다. 인생에서 나를 힘들게 하고 어렵게 만드는 인연으로 고민하거나 고통 받을 필요가 없는 것이다. 그 인연은 자신이 정리하고 가면 될 뿐이다.

친구가 다른 친구와의 관계가 소원해진 것에 대해 얘기를 해왔었다.

“한윤아, 나 고민이 있는데.”

“뭔데? 말해 봐.”

“OO 때문에 요즘 많이 힘들어.”

“왜, 무슨 일이라도 있었어?”

“아니, 특별한 이유도 없이 싸늘하게 대하네. 이유를 모르겠어.”

“나한테 이야기할 게 아니라 직접 대화를 해 봐.”

“용기가 안 나네. 그러고 싶지도 않고.”

“그렇더라도 부딪혀서 네 감정을 솔직히 얘기해야 하지 않겠어? 그러고 나서도 문제나 관계가 개선되지 않는다면 그건 그 때 가서 결정하면 된다고 생각해.”

“그래도... 내가 막상 얘기하면 어떻게 생각할지도 걱정이 되고….”

“네가 상처받을까봐 망설이는 건 알겠어. 하지만 아무 일이 아닌 것일 수도 있거든. 하지 않고 걱정하느니 일단 네 의사를 얘기하는 것이 좋을 거 같아.”

“알았어. 고마워.”

이런 고민은 많은 스트레스를 유발한다. 나 역시도 마찬가지다. 제3자에게 상담을 해볼 수도 있겠지만 그런다고 그가 해결해줄 수 있는 것은 아니다. 결국엔 본인 스스로가 직접 해결해야 한다. 위 경우도 직접 당사자와 얘기를 해서 자신의 느낌을 솔직하게 전하고 왜 그러는 것인지 이유를 들어봐야 한다. 사실 많은 경우에는 특별한 이유가 없기도 하다. 혼자서 오해하고 끙끙거렸을 가능성이 크다는 것이다. 먼저 대화로 서로의 마음을 확인한 다음에 그래도 풀리지 않고 받아들이기 어렵다고 판단되면 스스로가 그 인연에 대해서 어떻게 할 것인지 결정하면 된다.

길고 긴 인생이다. 어쩌면 짧디 짧은 인생일 수도 있다. 한 번 주어진 인생을 불편한 사람들로 인해서 스트레스 받으며 살아갈 필요는 없다. 적어도 나와 같은 생각과 이상을 갖고 있는 사람들과 함께 가야 한다. 외롭거나 쓸쓸하고 힘들다고 해서 아무나 만나지 말아야 한다. 삶의 주인공은 나란 것을 잊어서는 안 된다. 주인공인 내가 조연과 엑스트라까지 모두 선택할 수 있다고 생각하자. 멀리 가려면 함께 하라고 했다. 내가 선택한 사람들과 함께하며 더 행복한 인생을 만들어 가자.

02

남의 기준에 맞춰 살지 마라

"삶의 중심은 나다. 세상의 중심도 나다.
모든 일은 나를 중심으로 일어나고 사라진다. 내가 없으면 세상도 존재할 수 없다.
이런 생각은 항상 더 주체적으로 살아가도록 힘을 준다."

삶의 중심은 나다. 세상의 중심도 나다. 모든 일은 나를 중심으로 일어나고 사라지고 한다. 이런 생각은 항상 더 주체적으로 살아가도록 힘을 준다. 내가 없다면 세상이란 것도 존재할 수 없다. 내가 있어야 상대방도 있고 삶이란 것도 의미를 갖게 된다. 마음속에 이런 신념을 심어주면 기적과 같은 수확물을 얻을 수 있다.

초등학교 6학년 때였다. 도에서 실시하는 체육평가에 줄넘기 2단 뛰기가 있었다. 3회를 연속으로 해야 만점을 받을 수 있었다. 당시 나는 1회도 하지 못하는 상태였다. 운동장에 모여 연습을 하고 있었는데 내 옆에는 이화선이라는 친구가 있었다. 한참을 연습하다 옆 친구를 보니 바닥에 뭐라고 적어 놓은 것이 보였다. '할 수 있다.' 라는 글자가 적혀 있었다.

"화선아, '할 수 있다' 라고 땅에다가 써놨네?"

"어, 할 수 있다고 믿으면 정말로 할 수가 있대."

"그래? 근데 속으로 생각하면 되지 왜 땅에 써 놓은 거야?"

"아, 내 앞에다 써놓은 걸 보면 내가 잊지 않고 계속 할 수 있다는 생각을 하게 되거든."

"아, 그렇구나. 나도 해봐야겠다."

대화를 마치고 바로 내 앞에다가 나도 그렇게 썼다. 그리고 열심히 연습을 하고 있을 때, 옆에서 환호를 지르는 소리가 들렸다. 친구가 드디어 성공을 한 것이다. 도 평가는 3회 이상을 연속으로 해야 했었다. 달성한 친구가 부러웠다. 나도 쉬지 않고 눈으로 '할 수 있다' 라는 글자를 보면서 마음속으로 그 생각에 집중했다. 1회도 못하던 내가 얼마 지나지 않아서 3회를 해내게 됐다. 그때는 정말 기적이라고 생각했다.

모든 것은 마음먹기에 달렸다는 것을 어렴풋이 느꼈던 어릴 적 경험이다. 삶을 살아가면서도 마찬가지라고 생각한다. 삶의 주인공인 내가 나만의 기준으로 살아가야 한다. 누구에게 휘둘리지도 말고 말이다. 그러려면 우선 정확한 자신만의 기준을 세우는 것이 중요하다. 남에게 끌려가는 삶이 아니라 자신이 만들어가고 이끌어가는 삶을 위해서 말이다.

'내 뜻대로 되는 게 하나도 없다.' 라는 말이 있다. 하지만 이 말은 틀렸다고 생각한다. 우리는 날마다 모든 일을 자신의 뜻대로 하면서 산다고 보는 것이 더 적확할지도 모른다. 본인의 하루를 생각해보자. 늘 일어나는 시간에 일어나고, 먹고 싶은 음식을 먹고, 만나고 싶은 사람을 만나고, 하고 싶은 말을 하며 보낸다. 누가 시키는 대로 한 것은 아무것도 없다. 업무지시를 받는 것은 내 뜻대로 한 것이 아니라고 할 수도 있다. 하지만 그것 역시 그 지시에 따르기로 한 것은 본인 자신이다. 자기 뜻대로 한 것이다.

스티븐 코비는 이런 말을 했다. '자극과 반응 사이에는 빈 공간이 있다. 그 공간에 우리의 반응을 선택하는 자유와 힘이 있다. 그 반응에 우리의 성장과 행복이 달렸다.' 라고 말이다. 살면서 다양한 자극을 받는다. 자극을 받고 어떤 반응을 하느냐는 스스로가 선택하는 것이다. 사는 동안의 다양한 선택에서 큰 성공을 만나기도 하고 실패에 이를 수도 있다. 그렇지만 모든 결과는 자신이 선택했던 것으로부터 이루어진 것이다.

회사에서 상사들은 부하직원을 드러내 놓고 평가하고 지시한다. 가령 상사가 하는 말이 맞든 아니든 상관하지 말자. 상사라고 해서 그가 말하는 것이 모두 옳은 것은 아니다. 중요한 것은 타인의 말이 나를 괴롭히게 놔두면 안 된다는 것이다. 《나를 힘들게 한 건 언제나 나였다》에서 데일 카네기는 이렇게 얘기한다.

"남이 나를 부당하게 비난하는 걸 막을 방법은 없다.

그 대신 우리는 훨씬 더 중요한 일을 할 수 있다.

그 중요한 일이란, 부당한 비난이 나를 괴롭히도록 놔둘지 말지 스스로 결정하는 것이다."

모든 것을 무시하라는 것이 아니라 부당한 비난들을 무시하라고 한다. 타인이 하는 말은 그의 사고방식에 따른 그의 생각에 불과하다. 그의 기준에 굳이 따를 필요가 없는 것이다. 나만의 기준으로 삶을 대하고 살아가면 된다. 사람들과 어울려 살다보면 이런저런 눈치를 보게 되는 경우가 있다. 그것이 단순한 일일 경우도 있지만, 평소 자신감을 가지고 모든 것을 대하는 것이 필요하다.

세상살이에 옳고 그른 것은 없다. 자신의 삶은 자신이 책임져야 한다. 그러기 위해선 더욱 자기만의 기준을 갖추는 것이 필요하다. 평소에 생각 그릇을 키우고 의식을 확장해둬야 한다. 그래야 어떠한 경우에도 휩쓸리지 않으면서 본인만의 생각을 얘기하고 그 기준으로 판단할 능력이 생긴다. 그럴 때 분별력 또한 커지는 것이다.

어떤 리더는 마이크를 잡고 의견을 묻는 듯 행동하면서도 이미 자신이 정한 것으로 유도하려고 한다. 이는 소통의 능력도 없고 타인의 말을 들으려는 자세 또한 없는 것이다. 아내가 일하는 곳의 리더라는 사람이 '식스팩 서바이벌' 대회를 안건으로 이런 적이 있었다.

"여러분, 식스팩 서바이벌 대회를 담당하는 일이 손이 많이 가죠?"

"……"

"효율적인 일에 더 집중하셔야 하는데, 이대로 계속할지 다수결로 정할까요?"

"이미 고객들에게 3회분에 대해 안내를 해서 3회는 이어나가야 합니다."

한 분이 얘기를 했다.

"아니, 그래도 다수결로 정합시다. 눈 감고 손을 드는 걸로 해요."

의견을 제대로 듣지 않고 중간에 말을 잘라 버렸다.

더구나 투표도 아니고 손을 들어서 결정한다는 방식은, 어린 아이들도 그렇게 하지는 않았을 것이란 생각이 들었다. 그만두겠다는 결론을 이미 갖고서 시작했던 것은 아닌지, 본인은 누가 반대하는지를 들여다보겠다는 것 아닌지. 물론 사람들은 눈치를 보면서 손을 들었을 것이다. 이런 독단적인 경우를 우리는 회사에서나 주변에서 자주 볼 수 있다.

경청의 중요성, 우선 상대방의 얘기를 들어주는 것이 대화에서 중요하다고 아무리 강조하면 뭐하나. 알고 있어도 실행하지 않는다면 차라리 모르는 것이 낫다. 세상에서 가장 나쁜 것이 알고도 안 하는 것이 아닐까. 결국 2회까지 실시했던 그 행사는 중단되었다. 아이러니하게도 10개월이 지난 지금 그 이벤트가 다시 시작되었다는 소식이다.

사람들은 뒤에서는 이러쿵저러쿵 얘기들을 말하지만 막상 의견을 제시해야 할 때는 자신만의 의견을 말하지 않는다. 이런 것들이 쌓이면 이끄는 삶을 만들어 갈 수가 없다. 좀 더 주체적으로 살도록 해야 한다. 세상의 중심은 나란 것을 다시 되새겨 보자. 이기적으로 하라는 얘기가 아니다. 내가 없으면 세상이란 것도 없다는 것이다. 그리고 인생을 마무리할 즈음 후회 없이 살았다고 느낄 수 있는, 그런 삶을 추구하자. 책에서 배우는 다양한 지식과 지혜로 나만의 기준을 세우자. 그 기준으로 인생을 채워 나가도록 하자.

03

때로는 거절이 답이다

"끌려 다니는 삶을 살지 말자. 자기 주도적으로
이끌어 가는 삶을 지향하자. 그런 사람이 성공한다. 아닌 건 아니라고 말할 수 있을 때
인간관계 또한 발전되어 간다."

인생을 살아가면서 겪게 되는 많은 것에서 우리는 늘 답을 찾는다. 세상살이에 정답은 없겠지만 모범답안은 있다. 거절을 당하거나 거절을 할 줄 알아야 하는 것도 삶에서 중요한 것들 중에 하나다.

얼마 전에 신문을 보다가 김호의 칼럼을 읽었다. 제목은 '수없이 거절당하라. 거기에 성공이 있다' 였다. 내용을 요약하면 이렇다.

"캐나다의 프리랜서 IT분야 기술자인 제이슨 콤리는 아내와 이혼 후 그 상실감으로 9개월간 폐인처럼 집에 틀어박혀 지냈다. 그러던 어느 날, 두려움과 마주하지 않고서는 앞으로 삶을 살아가기 힘들겠다는 생각을 한다. 그러면서 엉뚱하게 매일 하루에 한 번씩 거절당하는 것을 목표로

한다. 매일 일부러 거절을 당하면서 거절에 대한 맷집을 키우고 정상적인 삶으로 돌아온다. 자신의 경험을 바탕으로 거절 세러피라는 것을 만들었고 전 세계에 확산시키고 있다. 그에게 영향을 받은 중국인 사장이 있다. 빌 게이트의 강연을 듣고 창업가가 되기로 한 그는 새로운 사업을 위해 투자자들과 만나 공을 들였지만, 거의 될 줄 알았던 투자자로부터 별다른 이유 없이 거절 통보를 받는다. 상심해 있던 그는 우연히 거절 세러피를 접하고, 100일 동안 100번의 거절을 당하는 프로젝트를 시작하고 자신의 블로그에 올린다. 그는 거절의 맷집을 훈련시켜 주는 영업 트레이닝 회사를 세워 활발하게 활동하고 있다."

우리는 거절당할 것을 두려워한다. 그런 두려움에 자신의 의견이나 마음을 제대로 표현하지 못한다. 사람들과의 관계에서 좋은 관계를 항상 유지하는 것은 중요하다. 그렇다고 해서 자신의 의사를 표현하지 말아야 할 이유는 없다. 지레짐작으로 상대방의 마음이나 생각을 예측할 필요가 없다. 그런 예측을 하기 때문에 거절당할 것을 두려워하게 된다. 그 두려움은 자신을 드러내지 않게 하는 것이다. 돈 미겔 루이스의 《네 가지 약속》에는 천 년 동안 전해 내려온 톨텍 인디언의 가르침 중에서 '추측하지 마라'는 내용이 있다. 다른 사람의 생각과 행동을 추측하면 오해가 생기기도 하고 자신의 문제로 생각하다가 쓸모없는 큰 문제를 일으킬 수도 있는 것이다. 추측하기보다는 오히려 명쾌한 질문으로 상대방의 생각을 얻는 것이 옳은 방법이지 않을까. 거절을 당하더라도 말이다.

결혼하기 전에는 혼자 자취생활을 하며 회사를 다녔다. 집에 가면 특별히 하는 일이 없기에 동료들과 저녁에 약속을 만들려고 했었다. 나는 항상 거절당하는 것을 싫어하고 두려워했었다. 상황을 보고 내 생각에 100% 오케이해줄 것 같은 동료에게 식사를 하자거나 술을 한 잔 하자고 제안했었다. 거절당하기 싫어서 말이다. 거절당해도 달라지는 것이 없음에도 말이다. 거절당함으로 인해서 상처받는 것이 싫었던 것이 진짜 이유였다.

무슨 일이든 거절당하는 것을 두려워하지 말자. 그리고 당당히 거절할 줄도 알자. 우리는 자신에게 요청하거나 제안해오는 일들을 잘 거절하지 못한다. 그것이 맘에 드는 일이던가, 이유 타당한 것인가를 떠나서 말이다. 검토해보고 타당하다면 수락하는 것은 당연하다. 사람들은 회사에서 상사가 지시하는 것을 거절하지 못한다. 맡고 있는 업무와 관련이 있고 자신이 반드시 해야 하는 것이라면 괜찮다. 하지만 전혀 상관없는 일을 지시하기도 하고, 본인이 해야 하는 일들을 부하직원에게 시키는 상사도 많다. 이럴 때 대부분 속으로는 욕을 하면서도 겉으로는 아무렇지 않은 듯이 받아들인다. 그러고는 뒷담화를 한다. 그럴 필요가 있을까? 지위가 높다고 해서 하는 행동이나 생각이 모두 옳다고 할 수 없다. 어느 광고에 모두가 '예' 라고 할 때 '아니오' 라고 할 줄 알아야 한다는 내용이 있었다. 그렇다고 아무 생각 없이 무조건 아니오 라고 하라는 것은 아니다. 자기주관과 생각을 적확하게 표현할 줄 알아야한다는 것을 강조하는 것이다. 거절한다고 해서 인간관계에 문제가 생기거나 회사생활에 문제가 생기지는 않는다. 만약 그런 문제가 생긴다면 그 사람과 그 회사나 상사에 대해서 깊이 생각해 볼 문제다. 자기와 생각이 다르고 의견이 다르다고 해서, 자신의 얘기나 지시를 단순히 거절한다고 해서 본질을 떠나 사람을 평가한다는 것은 잘못된 행동이다. 이런 일은 우리 주변에서 자주 볼 수 있는 일일지도 모른다. 그럴지라도 평소에 자신만의 주관과 생각을 정립해놓고 표현할 수 있어야 한다.

김호의 칼럼을 읽고 그의 책 《나는 왜 싫다는 말을 못 할까》를 읽었다. 자신이 하고 싶은 일을 하면서 살고 싶다면 거절에 대한 맷집을 키우는 방향으로 생존 전략을 짜야 한다고 저자는 말한다. 거절을 잘 못하는 사람은 자신이 정말로 원하는 것이 무엇인지 모른다. 중요한 것은 진정으로 자신이 원하는 것을 스스로에게 물어보고 답을 찾아야 한다. 상대방이 무엇을 원하는 것보다 내가 원하는 것을 말하도록 노력해야 한다. 그래야 거절도 할 수 있다.

그렇다. 거절을 잘 못한다는 것은 자신이 원하는 것을 모르거나 정확히 얘기하지 못하는 것이다. 우리는 어쩌면 자신의 의견이나 생각보다 누군가가 정해주기를 늘 원하며 살고 있을지도 모른다. 직장을 다닐 때, 점심식사를 하러 갈 때도 이런 대화가 일상이었다.

"오늘은 어디로 갈까?"

"차장님이 원하시는 대로 가요. 저희는 상관없어요."

"글쎄, 곽 대리 좋아하는 거 없어?"

"아무 데나 가세요."

"그러니까 아무 데나 어딜 가지?"

나를 포함한 모두가 결정 장애가 있는 것인지, 원하는 것이 있음에도 당당히 얘기를 하지 않는 것인지 알 수가 없다. 보통 이러다가 누가 한 군데를 얘기하면 그 곳으로 가든지 아니면 정말 아무 데나 간다.

자신의 의견을 표현하고 주장한다고 해서 누가 뭐라고 하지 않는다. 대화를 통해 방법을 찾고 해결책을 모색하거나 방향을 설정하면 된다. 우리는 싫다고 말할 권리가 있다. 이유 없이 거절하고 싫다고 해서는 안 되겠지만, 적어도 마음을 속일 필요는 없다. 정직과 진실은 겉으로 드러나는 것만을 의미하지는 않는다. 자신의 마음에게 더 정직하게 진실함으로 대하고 표현해야 하지 않을까?

끌려 다니는 삶을 살지 말자. 주도적으로 이끌어 가는 삶을 지향하

자. 작은 일부터 시작해보자. 먹기 싫은 것은 싫다고 말하는 용기를 내자. 하기 싫은 것은 하기 싫다고 말하자. 자기 의견을 많이 얘기할수록 많이 얻을 수 있다. 그런 사람이 성공한다. 모든 것은 거절을 전제로 한다는 생각이 필요하다. 거절에 대한 두려움으로, 자신의 의사를 제대로 표현하지 못하는 경우가 많다. 하지만 위대한 성공에 이른 사람일수록 더 크고 많은 거절을 당한 사람이란 것을 잊지 말자. 아닌 건 아니라고 말할 수 있을 때 자기 확장을 하게 되고, 인간관계 또한 발전되어 간다.

04

건강한 까칠함이 관계를 돈독하게 한다

"자기 의견을 당당히 표현하는 것에 두려워하지 말자.
소신 있게 얘기하고 소통할 때 관계는 더욱 돈독해진다.
표현하지 않는 한 누구도 내 마음을 알 수 없는 것은 당연하다."

요즘은 소통을 중요시하는 시대다. 소통이란, 말 그대로 뜻이 서로 통하여 오해가 없다는 것을 말한다. 회사 내에서도 상하 간 소통을 강조한다. 가족이든 연인이든 친구든 사람 간의 모든 관계에서 기본적으로 소통이 매우 중요하다.

소통을 위해서 가장 중요한 것은 커뮤니케이션이라고 볼 수 있다. 원활한 커뮤니케이션을 위해서는 상대방의 의견이나 이야기를 잘 들어줄 수 있어야 한다. 인간관계에서 경청을 많이 강조하지만, 실제는 그렇지 않은 경우가 많다. 스스로 경청을 잘 한다고 이야기하는 사람조차도 옆에서 지켜보면 듣기보다는 주장만 하는 경우가 많음을 자주 본다.

회사에서 직원들의 해외 파견근무에 대해서 회의를 한 적이 있다. 회사에서 인사발령을 매번 내지만 그것을 기꺼이 받아들이는 직원이 없었다. 일방적인 인사통보는 직원들의 사직으로 이어지곤 했다. 더군다나 해외근무로 인한 혜택도 부족했다. 그리고 2년이라는 기간을 정하고 파견을 나가지만, 그 기간이 지나서도 본사 복귀가 보장되지 않았기 때문이다. 다니던 회사 역시 소통을 강조했었다.

"해외 파견근무에 대해서 앞으로 어떻게 하면 좋을지 의견들을 얘기해봐요." 주제한 임원이 질문을 던지며 회의가 시작됐다.

"우선 해외근무의 혜택에 대해서 검토해야 합니다."

"어떻게?"

"해외근무에 따른 급여조정과 현지생활에 대한 지원을 해야 합니다."

"그리고 2년이 지나면 확실히 현지에서 더 근무하겠다는 본인의사가 따로 없을 시에는 본사로 복귀한다는 보장이 필요합니다."

"급여조정은 어렵지만, 나머지는 이미 하고 있잖아."

"회사에서 제시하는 명확한 기준이 없는 실정이니까, 의견을 모아서 명문화해야 하지 않을까요?"

"어허, 기준이 왜 없어! 2년이 지나면 본사 복귀하고 있잖아."

"2년이 지나도 정상적으로 복귀한 예는 없습니다. 모든 직원이 공감대를 형성하고 수긍하게 하기 위해서라도 이번에 방침과 혜택 등을 정확하게 하는 것이 좋다고 생각합니다."

"아니, 그래도 이 사람이..."

한 사람의 의견을 이렇게 면전에서 바로 묵살해버렸다. 다양한 의견을 수렴하고 소통을 통한 방안을 찾는 회의와는 거리가 멀었다. 이후 다른 사람이 의견을 내지 못하는 것은 어쩌면 당연했던 것일지도 모른다. 회의 소집을 왜 했는지 알 수가 없었다. 다들 업무에 바쁜데 차라리 그 시간에 업무처리를 하는 것이 나을지도 모른다고 생각했다. 소통을 강조하고 직원의 의견을 들으려 한다고 말하면서도 행동은 항상 다르다. 항상 임원 자신이 옳다고 생각하고 자기 합리화에만 빠져 있는지도 모른다. 피해를 보는 쪽은 언제나 하위 직원일 뿐이었다.

상황에 따라 다르기는 하지만, 우리는 자기 의사를 정확히 표현하는 데 두려움을 갖고 있다. 어떤 상황에서라도 자기 의견을 정확히 표현하려고 노력하는 것이 필요하다. 사람들은 말을 하기도 전에 머릿속에서 많은 생각들로 복잡하다. '내가 이렇게 얘기하면 상대방은 어떻게 생각할까?' '이렇게 생각하겠지?' 등으로 말이다. 막상 대화를 해보면 자신이 생각했던 것과는 전혀 다른 경우가 많다. 한 번 내뱉어진 말은 주워 담을 수 없기 때문에 늘 신중할 필요는 있다. 그렇다고 해서 자신의 의견을 표현도 못하고 속병을 앓아서는 안 되는 것이다. 상대방에게 다소 까칠하게 또는 냉정하게 비춰지더라도 당당하게 자신을 표현하도록 평소에 노력해야 한다.

《나는 까칠하게 살기로 했다》의 저자 양창순은 본심을 당당히 표현하는 것을 '건강한 까칠함' 이라고 했다. 그 전제 조건으로 세 가지를 얘기한다.

첫 번째는 내 의견에 대해 합리적이고 객관적인 정보가 필요하다는 것이다. 제대로 알지 못하거나 확인되기 어려운 것으로 주장만 한다면 까칠함이 아니라 무식함으로 비쳐질 수 있다.

두 번째는 인간과 삶에 대한 이해와 사랑을 가지고 있어야 한다. 상대방을 존중하는 마음이 있어야 의견에 대한 대화를 통해 소통하며 문제나 갈등을 해결해나갈 수 있기 때문이다.

세 번째는 어떤 경우에도 끝까지 매너를 지키는 것이다. 서로에 대한 존중을 바탕에 깔고 매너를 지킴으로써 불필요한 상처를 주는 일들을 방지할 수 있다.

세 가지 모두 중요한 요소라고 생각된다. 그 중에서도 상대방에 대한 사랑과 매너를 지킨다는 것은 매우 중요하다. 지위가 높고 낮음과 상관없이 지켜야 하는 사항이다. 주변에서 우리는 그렇지 않은 경우를 많이 본다. 특히, 지위가 높을수록 상대방에 대한 배려나 매너가 없다.

사안의 중요성이나, 상대가 화가 난 상태이거나 하는 것은 상관없다. 언제나 평정심을 유지하고 상대방을 제대로 된 인격체로 대해야 한다. 지위가 높다고 상대방을 함부로 대해도 된다는 허락은 어느 누구도 하지 않았다. 오만과 불손한 태도는 스스로를 깎아내리는 행동이라는 것을 직시하자. 오히려 지위가 높을수록 상대방을 더 배려해야 한다. 그런 것이 행복한 인간관계를 만들어가는 길이다.

간혹 자기 의견을 얘기하면서 상대의 의견을 무시하거나 참고하지 않는 경우가 있다. 제대로 된 의사소통이 되지 않으면 관계 또한 소원해질 수 있다. 마음속으로 아무리 고민하더라도 상대방은 내가 그렇게 고민하는지 어떤지를 알 수 있는 방법이 없다. 이것이 바로 의견을 피력해야 하는 이유다. 실제로는 속마음을 얘기했을 때 별일이 아닌 경우가 많다. 그럼에도 불구하고 작은 일을 크게 만드는 것은 항상 있어왔다.

고등학교 때 도시락을 싸서 다녔다. 점심시간에는 친한 친구들 네댓 명이 모여서 식사를 하곤 했다. 한 번은 식사를 다 하고 나서 한 친구가 장난스럽게 내 의자를 내동댕이치듯 던졌다. 친한 사이여서, 나 역시 화가 나서가 아니라 장난으로 그 친구를 노려봤다. 이후 친구는 그 일이 상처가 되었는지 말을 걸어오지도 않았다. 그렇게 사이가 멀어졌다. 삼 년 동안 같은 공간에 머물면서 어색한 사이가 되어 버린 것이다. 고등학교 3학년 때 아무렇지 않게 다시 친해지기는 했다. 하지만 그 친구가 느꼈던 감정이나 생각을 내게 표현했다면 벌어지지 않았을지도 모르는 일이다. 내 생각을 먼저 말하지 못한 나도 마찬가지다. 이렇듯 우리는 살면서 대수롭지 않은 일로 관계가 소원해지거나 멀어지게 되는 일이 있다. 의견이 충돌하더라도 심사숙고한 후 대화로 소통하는 것이 정말 중요하다.

자기 의견을 표현하는 것에 대해 두려워하지 말자. 일어나지도 않은 일을 미루어 짐작할 필요도 없다. 소신 있게 얘기하고 소통할 때 관계는 더욱 돈독해진다. 표현하지 않는 한 누구도 내 마음을 알 수 없는 것은 당연하다. 상대방에 대한 이해와 배려심이 바탕이 될 때 인간관계는 계속 발전해 나간다.

05

관계에는 가지치기가 필요하다

"살아가는 데 있어서 사람과의 관계는 매우 중요하다.
우리가 만들어 가는 인간관계가 진정한 성공과 행복으로 직결되기 때문이다.
그러나 관계에 있어서도 가지치기가 필요하다."

사람들은 태어나서 걷기 시작할 무렵부터 다른 여러 사람들을 만나면서 커간다. 어린 시절부터 우리는 많은 인간관계를 형성하기 시작하는 것이다. 그런 인간관계들 속에서 자아를 형성하고 조금씩 성장하면서 성숙해간다. 하지만 만나는 모든 사람들이 성장과 성숙에 도움을 주는 것은 아니다. 어떤 인연은 오히려 만나지 않음만 못한 경우도 허다하다.

학교에 다닐 때 아주 성실하고 착하던 사람이 친구를 잘못 사귀면서 방황하거나 나쁜 길로 빠져드는 것을 볼 수 있다. 반면에 공부는 뒷전으로 하다가 멘토가 될 만한 친구를 만남으로써 학업에 충실하게 되고 급격한 성적향상을 이루기도 한다. 단지 학교를 예로 들었지만, 이는 인간관계가 얼마나 중요한지를 잘 보여준다. 그 사람을 알려면 그 사람이 만나는 사람을 보면 알 수 있다는 말이 있다. 내가 만나는 내 주변에 있는 사람들은 나 자신도 모르게 엄청난 영향을 미치고 있는 셈이다.

초등학교 시절 단짝처럼 친하게 지내던 친구가 있었다. 순수하고 착한 아이였다. 중학교를 각각 다른 학교로 가게 되어서 3년간 만나지 못했었다. 그러다가 우리는 같은 고등학교를 진학하게 되면서 다시 만났다. 3년 만에 만난 친구는 많이 변해 있었다. 순수했던 모습이 아예 사라지진 않았지만 내가 알던 모습이 아니었다. 소위 말하는, 논다는 친구들과 어울리면서 학교생활에 적응을 못한 것인지, 같이 지내는 친구들의 영향인지, 가출을 일삼으며 고등학교 생활을 했다. 어울리는 친구가 다르다보니 나와는 조금 어색한 사이로 지냈다. 사회에 나와서도 간간이 소식은 듣지만 좋은 내용은 아니었다.

그 친구를 보면서 주변 환경이나 함께 어울리는 사람이 얼마나 중요한지를 깨달았다. 현재 연락하고 지내는 사이는 아니지만, 어릴 적 추억 속에 한 자리를 차지하고 있다. 아이를 키우는 부모의 입장에서 우리 아이들의 교우관계를 늘 신경 쓰며 지켜본다. 학업도 중요하지만 그에 못지않게 중요한 것이 친구관계이기 때문이다. 성인이 되어서도 인간관계가 매우 중요하겠지만, 커가는 아이들에게는 자신의 인생의 길을 닦는 과정이기에 훨씬 더 중요하다.

학교를 졸업하면 동기회다, 동창회다 하며 많은 모임이 있다. 같은 시기, 같은 공간에서 함께 했던 인연을 소중히 이어나가는 것도 필요하다. 힘든 세상을 살아가는 데 힘이 되고 활력소가 되기도 한다. 하지만 대부분의 모임이 그렇듯이 친목도모를 하는 선에서 그치지 않고 연이은 술자리로 계속 이어지는 게 다반사다. 하루 동안의 일탈이라고 생각할 수도 있지만, 그렇더라도 정신이 혼미해질 정도로까지 음주를 하며 사람들과 어울려서 남는 것은 무엇일까? 한번쯤은 모두가 생각해볼 문제다.

시절인연이라는 말이 있다. 이는 같은 시간과 공간을 함께 한 학창시절이나 직장시절 만났던 사람들을 의미한다. 시절인연은 시절인연으로 남겨두는 것이 좋다. 옛 향수에 사로잡혀 그 시절 모든 사람들을 모임을 통해 꼭 만나야 할 필요는 없다. 시절인연과 계속 이어지는 인연은 다르다. 지속적으로 이어지는 만남이 있는 사람은 인생을 살아가면서 서로에게 도움이 되고 활력이 될 수 있다. 시절인연의 사람들과 모이면 오랜만에 만나서 반갑고 각자의 얘기들을 들어보는 것으로도 의미가 있을 수는 있다. 하지만 대부분은 지속된 만남으로 이어지지 않는다. 정기적인 모임에서만 만나는 사이, 그 이상 그 이하도 아니게 된다.

시절인연은 시절인연으로 남겨두고, 같은 꿈을 꾸는 사람들을 찾아가고 만나고 어울려야 한다. 인맥보다 꿈맥이 중요한 시대다. "만 명의 인맥보다 한 명의 친구를 가져라."라는 말이 있다. 의미 없이 만나거나 의미 없이 알고 지내는 수많은 사람들보다는 진정한 한 사람이 중요하다는 뜻이다.

지방에서 서울로 올라와서 대학생활을 시작하던 당시, 친구에 대한 나름의 고민이 많았었다. 고등학교 때까지 크게 고민하지 않았던 부분이었다. 새로운 환경에 다양한 지역과 성향의 친구들을 만나게 되면서 생긴 고민이었다. 넓게도 생각해보고 좁게도 생각했었다. 결론은, 서로의 안부를 궁금해 하면서 어울리는 사이가 진정한 친구라고 여겼다. 같은 학과 동기들만 돌아보더라도 그것은 자명하게 보였다. 같은 테두리 안이라 모두 친구로 볼 수도 있지만, 깊은 대화 한 번 해보지도 않았던 친구는 그저 아는 사람 선에 그치는 것이다. 인생을 살아가면서 아는 사람은 그저 아는 사람으로 두면 된다. 우리는 같은 꿈을 꾸고 같은 방향을 향해 나아가는 사람들과의 인연을 소중히 다뤄야 하고 만들어가야 한다.

회사를 다니면서 동료들과 간간이 차를 마시며 서로 이런저런 대화를 한다. 대화는 주로 일과 회사에 관한 상투적이고 부정적인 내용인 경우가 많다.

"OO는 말이야, 해결해줄 것도 아니면서 맨날 저런대?"

"대안도 없고, 직접 하기는 곤란하니까 그렇겠지."

"하긴, 그러니까 이놈의 회사가 발전이 없지."

"말로만 하는 건 쉽지, 뭐!"

"이놈의 회사 때려치우든가 해야지, 원."

주변을 보면 매사에 몹시 부정적이고 불만투성이인 사람들이 있다. 그런 사람들과 계속 어울리다 보면 모르는 사이에 자신도 부정적으로 바뀌어 가는 것을 발견하게 된다. 불평불만을 쏟아내는 사람이 있다면 당장 그 자리를 떠나라고 했다. 왜냐하면 그 영향을 받아서 나도 모르게 똑같이 불평불만을 하게 되기 때문이다. 그러니까 부정적인 사람을 만나지 말자. 우리가 꿈꾸는 일들은 그런 부정적인 생각으로는 절대로 이루어지지 않는다. 미래지향적이고 긍정적인 마음자세를 가져야 꿈과 성공도 끌어 오는 것이다.

나를 바꾸려면 그 전에 주변 사람들을 먼저 바꿔야 한다. 만나는 사람을 바꿔야 성공으로 향해 나아갈 수 있는 것이다. 성공하려면 만나는 사람과 환경을 바꿔야 한다. 그 사람을 알려면 그 사람이 만나는 사람과 하는 행동을 보면 알 수 있다고 했다. 행복하려면 행복한 사람들과 어울리고, 성장하려면 성장하는 사람들과 함께 해야 한다. 부자가 되기 위해서는 부자들과 어울리며 부자 마인드를 가져야 하는 것도 같은 이유다. 가난한 사람을 만나서 가난한 마인드를 갖게 되면 절대로 부자가 될 수 없다.

삶을 살아가는 데 있어서 만나는 사람은 매우 중요하다. 우리가 만들어 가는 인간관계가 진정한 성공과 행복으로 직결되기 때문이다. 우리는 보이지 않는 끈으로 연결되어 있다. 그것이 관계이다. 정리가 필요한 끈은 정리하면서 살아가야 한다.

지금껏 살아오면서 내 인생에 뻗쳐놓은 가지들을 돌아보라. 그 수많은 가지들이 나무의 중심을 흔들 만큼 무거워지지 않았는가. 그 가지들을 그대로 계속 키우기만 한다면 나무뿌리가 흔들릴지도 모른다. 그러다가 마침내 나무가 송두리째 뽑힐지도 모른다는 것을 잊지 말아야 한다. 그러니까 관계에 있어서도 가지치기가 필요하다.

06

언제나 스스로를 당당하게 표현하라

"우리는 각자의 삶에 대한 책임을 가진 주인공이다.
자신의 생각을 표출하고 당당하게 인생의 주인공으로 살아야 한다.
무엇도 두려워할 필요가 없다. 남들 눈치 볼 필요도 없다."

삶의 주인공은 누구라고 생각하는가? 우리는 하루하루 주어진 삶을 살아가는 배우다. 하루짜리 연극이라는 무대에 서 있는 것이다. 대본은 정해져 있지 않다. 자신이 어떻게 쓰고 만들어 가느냐에 따라서 하루라는 작품이 만들어지고 완성되어진다. 하루가 쌓여서 결국엔 한 사람의 인생이자 삶이 된다. 오늘 하루가 자신의 미래를 만들어 가는 출발점이다. 우리 자신이 바로 삶의 주인공이다.

우리나라 사람들은 질문을 잘 하지 않는 경향이 있다. 회사에서 회의를 하는 자리나 강연장 같은 곳에서 늘 마지막에 질문이나 제안이 있으면 얘기하라고 하지만, 직접 나서서 자기의 의견이나 궁금한 점을 표현하는 것에 어려움을 갖고 있다. 스스로의 생각을 잘 표현하고 주장하지 못하기 때문이다.

회사에서 R&D부서에서 일할 때였다. 한국섬유산업연합회에서 섬유업계의 트렌드와 현황에 대한 전시회 및 세미나가 있었는데, 우리 회사에 세미나 발표를 요청해왔었다. 준비할 시간이 짧았지만, 팀원들과 거래처의 동향, 그에 따른 소재개발 방향, 진행 중인 개발 소재에 대해 자료를 모으고 정리해서 발표를 대비했다. 오전부터 오후 늦은 시간까지 각 회사를 대표하여 발표자들이 발표를 했다. 발표자들은 자신의 발표를 끝내고 의례히 질의응답 시간을 가졌다. 여러 회사들의 발표과정을 쭉 지켜봤지만 질문을 하는 경우는 한 차례밖에 없었다. 나 역시 오후에 차례가 되어 발표를 했지만 질문은 받지 못했다. 실제로 궁금한 것이 하나도 없는 것인지, 세미나를 듣는 사람들의 속마음을 전혀 알 길이 없었다.

김찬배 작가는 《요청의 힘》에서 자신의 생각을 상대방에게 전달하는 것이 얼마나 중요한지 얘기하고 있다. 내용은 아래와 같이 정리할 수 있다.

첫째, 많이 요청할수록 많이 얻을 수 있다. 요청은 문제를 더 빨리, 더 효과적으로 해결할 수 있는 지름길이며 성공을 더 크게 만들어 줄 수 있다. 세상에 스스로 도와주는 사람은 없기 때문에 누구에게 어떻게 요청할 것인지를 사전에 준비해서 정확하게 알려야 한다. 세상은 준비해서 요청하는 사람에게만 답을 준다. 생각이나 의견을 표현하지 않는데 알아채는 신과 같은 존재는 세상에 없다.

둘째, 요청하는 사람이 성공한다. 위대한 성공에 이른 사람일수록 더 크고 많은 거절을 당한 사람인 경우가 많다. 요청이라는 것은 거절을 전제로 한다는 생각이 필요하다. 많은 사람들이 거절에 대한 두려움을 갖고 있다. 하지만 그런 두려움을 떨쳐버리고 요청하자. 그것이 성공으로 가는 길이 된다.

셋째, 요청은 원수도 친구로 만들 수 있다. 미국 격언에 도움 받는 사람보다 도움을 준 사람에게 더 많은 도움을 주고 싶어 한다는 말이 있다. 도움을 준 사람에게 호의를 느낀다는 것이다. 도움을 적극적으로 요청하면 관계개선에도 효과적임을 알 수 있다.

넷째, 어떻게 요청할 것인가를 얘기한다. 요청할 만한 사람에게 끈기 있게 기분 좋게 요청하라고 한다. 요청을 하기 전에 요청을 받아들이고 도움을 줄만한 사람인지를 분별해야 한다. 그리고 도움을 받고 난 후 반드시 감사를 표시해야 한다.

애플 창업자 스티브 잡스는 이렇게 얘기했다.

"난 도움이 필요할 때마다 도움을 요청했다. 사람들은 대부분 도움을 구하지 않는다. 그것이 큰일을 성취하는 사람들과 그런 일을 꿈꾸기만 하는 사람들의 차이다."

그렇다. 내가 표현하지 않으면 누구도 내 생각과 마음을 알 수가 없다. 그것이 단지 도와달라는 요청이 아니더라도 더불어 세상을 살아가는 우리는 자신의 생각을 당당하게 표현해야 하는 것이다.

얼마 전에 초등학교에 다니는 딸아이의 학부모 참관수업이 있었다. 아이가 5학년인데, 학부모 참여 수업은 처음으로 갔었다. 중학교 다니는 아들에게도 간 적이 없으니 내 생애 처음으로 간 것이다. 요즘은 기자재나 환경이 매우 좋아졌음을 알 수 있었다. 과학 실습시간이 진행되었다. 과학실에는 프로젝터와 스크린까지 갖춰져 있었고, 선생님은 그날의 실습과 관련된 동영상으로 아이들의 호기심과 집중을 유도하면서 수업을 했다. 주의사항을 얘기하고 실습이 진행되었다. 조별로 나뉘어 실습을 하고 선생님은 중간 중간 아이들에게 질문을 던졌다. 많은 아이들이 손을 들고 적극적으로 수업에 임하는 모습을 봤다. 그리고 아이들은 자기의 의견과 생각을 표현하고 있었다.

아이들이 적극적으로 수업에 동참하고 당당하게 발표하는 모습을 보면서 왜 우리는 성인이 되어가면서 저런 모습들을 잃어가고 있을까를 생각했다. 나 또한 예외가 아니다. 초, 중학교 시절의 기억을 더듬어 보더라도, 발표도 먼저 하려는 적극성이 있었고 의견이나 궁금한 것들은 바로바로 질문을 했었다. 아마도 그 무렵에는 주위를 신경 쓰지 않았기에 그것이 가능했다고 본다. 성인이 되면서 너무 많은 생각을 하는 것은 아닐까. 내가 이렇게 얘기하면 나를 어떻게 생각할지를 먼저 생각한다. 그것이 질문이나 요청을 방해하는 요소일지도 모른다.

우리는 각자의 삶에 대한 막중한 책임을 갖고 있는 주인공이다. 무엇도 두려워할 필요가 없다. 남들의 눈치를 볼 필요는 더욱 없다. 언제나 자신의 생각을 표출하고 당당하게 인생의 주인공으로서 살아야 한다. 무엇이든지 두려움을 떨쳐버리면 행복하게 살 수 있다. 하루하루 내게 주어지는 힘든 일 속에서 고민이 있다면 당당하게 표현하고 요청을 해보자. 내가 나를 드러내지 않는 한, 누구도 먼저 나를 알아줄 일은 평생 생기지 않는다. 자신의 감정을 솔직히 드러낼 때 더 나은 삶으로의 여정이 시작될 수 있음을 잊지 말자.

07

나는 책 속에서 관계하는 법을 배웠다

"삶을 살아가면서 필연적으로 다양한 관계를 맺게 된다.
이런 관계들을 어떻게 가꾸느냐에 따라 삶의 질이 달라진다.
처세나 관계에 관한 책을 읽어보면 스스로 깨닫게 된다."

최근 취업포털 인크루트가 직장인 대상으로 '현재 하고 있는 업무에 얼마나 스트레스를 받고 있습니까?' 라는 질문으로 조사를 했다. 84%가 스트레스가 있다고 했다. 스트레스의 원인은 '동료, 상사와의 갈등 등 인간관계' 라는 대답이 가장 많았다고 한다. 그 다음이 급여, 과다한 업무, 근무환경, 업무성과 및 실적관리 등의 순이었다. 우리는 인생의 모든 단계에서 다양한 관계를 형성하면서 살고 있다. 하지만, 최근의 조사가 보여주듯이 인간관계가 스트레스의 가장 큰 비중을 차지하는 요인이기도 하다.

속해 있는 단체나 집단에서 불편한 관계가 하나라도 있을 경우 스트레스는 엄청나게 커진다. 더군다나 자신의 의지로 바로 정리할 수 있는 것이 아니라면 더욱 큰 스트레스가 된다. 가족이나 회사에서 관계에 문제가 생긴다면 혈연을 끊을 수도, 당장 회사를 그만둘 수도 없다. 이럴 경우 관계에서 오는 스트레스는 시간이 지날수록 더 가중될 것이다. 그만큼 관계를 어떻게 관리하고 만들어 가야 하는지는 매우 중요한 문제다.

회사 초년시절, 자회사의 과장과 있었던 일로 관계에 어려움을 겪은 적이 있다.

"류 계장, 여직원이 서류를 잘못 작성했는데 이번만 그냥 넘어가자."

"안 돼요, 과장님. 한 번도 아니고 여러 번 설명해 줬다고요."

"아니 그래도 마감을 이미 시켰으니까, 다음 달에 수정을 하면 안 되나?"

"저도 이미 내부 보고가 이미 끝나서, 잘못된 서류 접수할 수가 없어요."

"부탁할 테니 그냥 넘어가자. 류 계장!"

"안됩니다, 과장님. 저도 어떻게 할 방법이 없습니다."

"아니, 이 XX가. 하라면 하라는 대로 해야 할 거 아니야."

"과장님, 왜 욕을 하고 그러십니까? 잘못은 그 쪽에서 한 거잖아요!"

"아니, 그래도 이게……"

더 이상 대화가 되지 않을 것 같아서 전화를 끊어 버렸다. 사실 자회사의 담당 여직원의 실수가 있었던 일이다. 다시 수정만 하면 간단한 일인 것을 과장이 그냥 넘어가기 위해 내게 전화를 했던 것이다. 업무에 있어서 잘못된 것을 알고도 그대로 처리할 수는 없었다. 그건 나보다 경력이 훨씬 많았던 과장이 더 잘 알고 있었을 것이다. 담당 여직원이 수정을 해서 일은 일단락되었다. 하지만 과장과의 관계는 한동안 어색할 수밖에 없었다.

이렇게 관계가 어색해지거나 문제가 생기면 그 기간이 길어지면 안된다. 최대한 빠른 시일 내에 관계를 정상화시켜야 한다. 시간이 지나면 지날수록 더 어색해지고 불편해지기만 할 뿐이다. 이럴 땐 잘못을 누가 했느냐는 중요하지 않다. 어느 한 쪽이라도 먼저 소통을 하기 위해 시도해야 한다. 괜한 자존심으로 '내가 잘못한 것도 아닌데' 라고 생각해서 시간을 끌게 되면 최악의 경우에는 원상회복이 힘들 만큼의 상태가 되어 버린다. 그렇게 되고나서 후회해봐야 소용이 없는 일이다.

업무상 계속해서 같이 해야 하는 파트너였기도 했고, 불편한 관계가 더 길게 가봐야 서로가 힘들기만 하다는 것을 알고 있었기에 먼저 전화를 해서 사과했다. 사과는 꼭 잘못한 쪽에서 해야 할 필요도 없다. 오히려 그 일이 있고나서 관계는 더욱 좋아졌다. 누구의 일보다 내 일을 먼저 알아서 챙겨주던 것은 덤이었다.

이와이 도시노리는 《나는 더 이상 착하게만 살지 않기로 했다》에서 인간관계의 구성요소로 네 가지를 들고 있다. 자기 자신, 상대, 관계, 환경이 그것이다. 상대가 바뀌기를 원하는 것이나, 상하 관계를 바꾸는 것이나, 환경을 바꾸기는 어렵다. 세상에서 우리가 마음대로 할 수 있는 것은 유일하게 하나 있다. 그것은 마음가짐이다. 자신의 마음가짐을 조금 바꾸는 것이 가장 쉬울 뿐만 아니라, 내가 주체가 되어 내가 원하는 데로 이끌어 갈 수 있다. 결국 인간관계를 개선하기 위해서 자기 자신의 마음가짐을 바꿔 나가는 것이 최선의 방법인 것이다. 불편해질 뻔했던 관계를 곧바로 정상으로 돌렸던 것은 매우 잘 한 일이었다.

인간관계는 사람과 사람 사이의 모든 관계를 포괄한다. 행복과 불행 등의 감정을 불러일으키는 원인 중 85%는 인간관계가 차지한다. 심리치료를 받는 대부분의 사람들도 인간관계 때문이라고 한다. 그만큼 인간관계는 어렵다는 것을 보여준다.

"원하든 원하지 않든 간에 우리는 서로서로 연결되어 있다. 그래서 나 혼자만 따로 행복해지는 것은 생각할 수도 없다."

– 달라이 라마

혜민 스님은 《멈추면, 비로소 보이는 것들》에서 관계의 기본 마음가짐에 대해 이렇게 얘기했다.

첫째, 사람 한 명 한 명을 난로 다루듯 해야 한다. 아무리 마음이 잘 맞는 사람이라 할지라도 너무 오랫동안 바짝 옆에 붙어 있으면 탈이 난다. 이럴수록 적절한 거리와 시간을 둘 필요가 있다는 것이다. 편하고 가까운 관계일수록 서로 간에 조심해야 한다. 의외로 누가 봐도 아무것도 아닌 일로 가까운 사이가 틀어지는 경우가 많다.

둘째, 사람들과의 관계 속에서 힘든 순간이라면 "고개를 숙이면 부딪치는 법이 없다."라는 말을 기억하라. 많은 인간관계에서 자신을 낮추면 어렵지 않게 일을 해결할 수 있다. 상대방을 먼저 배려해야 한다. 먼저 고개를 숙인다고 지는 것이 아니다. 인간관계에는 승자와 패자 같은 것은 없다. 역지사지의 자세가 필요하다.

셋째, 좋은 관계를 잘 만들어가기 위해서는 다른 사람에 대한 고마움을 잊지 않고 보답해야 한다. 무엇을 주고받았느냐가 중요한 것이 아니라 서로 간에 오고 간 것이 있었다는 자체만으로 아주 특별하고 따뜻한 관계가 된다. 우리는 가까운 사이일수록 편하다는 이유로 소홀할 때가 있다. 가까운 사이든 아니든 간에 언제나 감사함과 고마움을 표현해야 한다.

삶을 살아가면서 필연적으로 다양한 관계를 맺게 된다. 이런 관계들을 어떻게 가꾸어 가느냐에 따라 삶의 질이 달라진다. 처세나 관계에 관한 책들을 읽어보면 스스로 깨닫게 된다. 무엇보다 중요한 것은 나 자신을 잘 컨트롤해야 한다는 것임을 알아야 한다. 스스로를 조절함과 동시에 상대방을 이해하도록 노력해야 한다. 입장을 바꿔서 말이다. 그럴 때 상대방이 이해가 되고, 그럼으로써 그와의 관계가 개선되고 발전적인 방향으로 나아갈 수 있다.

이해받기보다 이해하는 사람이 되고, 도움받기보다 도움을 주는 사람이 되자. 이런 마음가짐을 가지고 살아간다면 인간관계에서 스트레스 받을 일이 없을 것이다. 세상에 열린 마음을 가질 때 세상 또한 밝은 미래로 당신을 이끌어 줄 것이다.

제6장

삶은 누구에게나 한 번만 주어진다

01

시작하지 않으면 아무것도 시작되지 않는다

"니체는 말했다. 모든 일의 시작은 위험한 법이지만,
무슨 일을 막론하고 시작하지 않으면 아무것도 시작되지 않는다고.
시작이 반이라는 말이 있지만, 어쩌면 시작이 전부다."

일 년은 봄, 여름, 가을, 겨울 사계절로 되어 있다. 사십 대의 중반을 막 넘어선 나는 인생의 사계절에서 어디쯤 와 있는 것일까? 요즘은 100세 시대라고 한다. 단순히 기간으로 본다면 100세를 기준으로 여름의 끝자락쯤으로 볼 수 있다. 그리고 아직 절반에 이르지 않았다. 봄에 얼마만큼의 씨앗을 뿌렸는지는 모르겠으나 한참 잘 가꿔나가야 하는 시점에 있는 것이다.

우리나라의 독서율은 최저라고 한다. 그마저도 점점 더 낮아지고 있다. 독서라는 습관을 갖고 싶었고 그렇게 하려고 노력했지만 쉽게 만들어지지 않았다. 그리고 취미의 관점에서 독서에 접근했었다. 예전의 사고를 계기로 나는 책을 제대로 만났다. 내가 읽어 나가는 책 속에서 꿈을 찾아 명확하게 만들었다. 회복과정에서 많은 위로도 받았다. 인생에서 나답게 주체적으로 나를 세워 갈 수 있는 힘 또한 받았다. 같은 책이라도 어떻게 읽느냐에 따라서 사람마다 얻는 것은 크게 차이가 난다. 책을 읽었다면 단 한 구절이라도 남길 수 있어야 한다.

"뿌린 대로 거둔다."는 말이 있다. 이는 단순히 원인에 대한 결과만을 말하는 것은 아니다. 아무렇게나 시작해놓고 좋은 결과를 바라면 안 된다. 씨앗을 뿌리는 노력과 믿음이라는 정신적 노력, 그리고 결과를 얻기 위한 끊임없는 행동이 있을 때 원하는 결과를 얻을 수 있고 목표를 실현할 수 있다는 것을 의미한다. 독서 역시 마찬가지이다. 흥미 위주, 단순한 취미 차원의 독서는 나를 바꿀 수 있는 기회를 주지는 않는다. 단순한 여가활용이랄까, 그저 유익하게 시간을 보냈다는 만족감이 남을 뿐이다. 책에 취미를 어느 정도 갖게 된 이후에는 뚜렷한 목표와 방향을 설정해서 독서를 하길 권한다. 세상의 모든 책은, 읽지 않는 것보다는 읽는 것이 나을 수는 있다. 하지만 독서를 통해 삶을 이끌도록 하기 위해서는 제대로 된 씨앗을 뿌려야 한다. 호박씨를 뿌리고 수박이라는 수확물을 기대할 수는 없지 않은가.

나는 한 달에 여러 번 책을 구매한다. 예전에는 베스트셀러 위주의 책들을 검색해서 사곤 했다. 책을 읽다 보면 책에서 책으로 연결이 되기도 하고, 읽고 있는 저자의 다른 책들에 대해서 관심을 갖게도 된다.

때로는 책을 추천 받기도 한다. 추천받는 책들은 이미 읽어본 사람이 그 책을 읽고 굉장한 깨달음을 얻었기에 추천한다고 본다. 그렇기에 그런 책들은 반드시 구매한다. 이렇게 구매한 책들로 책장에는 아직 읽어 보지 못한 책들로 가득하다. 책장을 볼 때마다 독서에 대한 욕구는 오히려 커진다.

《독서력》의 저자 사이토 다카시는 우선 책장을 마련하라고 한다. 그리고 책들이 보이도록 정리하라고 한다. 그렇게 하면 책장을 볼 때마다 책을 읽고자하는 욕구도 생기고, 책 제목을 보는 것만으로도 독서가 시작된다고 한다. 나는 책장을 가끔씩 정리를 한다. 책들을 재분류해서 꽂아보기도 하고, 읽었던 책의 내용을 상기하기도 한다. 이런 행동만으로도 독서에 대한 욕구는 커진다. 가끔은 읽지 않은 책들을 보면서 미안한 생각이 들기도 한다. 하지만 그들은 언제나 내가 읽어주기를 기다리며 흔들림 없이 자리를 지키고 있는 든든한 친구다.

얼마 전에 더 이상 책을 꽂을 곳이 없어 6단 책장을 하나 구입했다. 그랬더니 딸아이가 내게 묻는다.

"아빠, 집도 비좁은데 책장은 왜 또 샀어?"
"어, 책은 계속해서 더 생길 텐데 미리 책 꽂을 자리를 준비해야지."
"치, 아빠 책만 꽂을 거야?"

"아니야, 연경이 책도 꽂아도 돼. 책은 꽂아만 두는 것이 아니라 많이 읽어야 해."

"나도 매일매일 책 읽고 있어."

"그래그래, 아빠는 연경이가 꾸준히 독서를 하면 좋겠어."

"알겠어요."

요즘엔 스마트폰 없는 아이가 없다. 우리 아이들도 마찬가지다. 그렇다보니 아이들이 책을 읽는 시간조차 스스로 잘 만들지를 못한다. 틈틈이 책을 읽어야 하는 이유를 들면서 독려하기도 하지만 예전만큼 읽지 못하는 것은 사실이다. 그럼에도 나는 꾸준히 얘기하고, 말에 앞서 내가 독서하는 모습을 보여준다. 집안 환경 역시 그렇게 유지한다. 거실엔 나의 작은 서재가 있다. 여기서 책을 읽고 글을 쓴다. 그리고 거실의 한 쪽 면에는 책장이 있다. 나는 인생의 늦은 시기에 독서의 참의미를 느꼈지만, 아이들은 조금 더 이른 시기에 느끼고 깨닫게 해주고 싶다.

사고 이전의 나와 사고 이후의 나는 180도 다르다. 그 중심에는 책이 있었다. 책을 읽으며 지난날을 돌이켜보고 앞으로의 미래도 생각했다. 회복과정에서 많은 위로와 함께 다시 일어서서 내 삶을 지켜내고 만들어 갈 수 있는 힘과 용기를 얻었다. 사고는 내게 또 다른 시작이었던 셈이다.

'시작이 반이다'라고 하는 말은 그만큼 시작이 중요하다는 뜻이다. 그리고 일단 시작하면 지속할 수 있다는 의미를 담고 있다. 나는 매일 내게 주어진 하루를 시작한다. 그 하루들이 켜켜이 쌓여서 내 삶을 구성해나간다. 글을 쓰고 있는 지금도 내가 시작했기에 지속적으로 할 수 있는 것이다. 시작할 수 있었기에 끝맺음도 가능한 것이다. 성경에 '네 시작은 미약하였으나 네 나중은 심히 창대하리라'는 말이 있다. 이 또한 시작한다면 나중에 큰 결과를 얻을 수 있음을 얘기한다. 물론 결과를 위한 노력은 당연한 것이다.

니체는 이렇게 말했다.

"모든 일의 시작은 위험한 법이지만, 무슨 일을 막론하고 시작하지 않으면 아무것도 시작되지 않는다."

니체 역시, 시작하는 것이 얼마나 중요한 것인지와 시작하기 위해서는 용기가 필요하다는 것을 강조한 것이다. 무엇이든 행동으로 옮기지 않고 생각만 해서는 아무런 변화가 일어나지 않는다.

나는 시작이 반이 아니라, 시작이 전부라고 생각한다. 독서를 시작했기에 내 인생은 송두리째 변해가고 있다. 인생은 속도가 아니라 방향이라고 했던가. 방향을 어떻게 잡느냐에 따라서 새로운 길을 열 수도 있는 것이다. 책과의 만남은 모든 면에서 나를 달라지게 했다. 당신도 일단 책을 만나기를 바란다. 책은 세상 어디에서도 얻을 수 없는 것들을 당신에게 제공할 것이다.

02

독서는 진정한 나를 만나게 한다

"누군가는 지금도 시련 속에서 보내고 있을지 모른다.
하지만 감사한 마음으로 받아들이고 극복해나가야 한다. 시련은 선물이다.
우리가 더 나은 자아로 성숙하도록 주어지는 것이다."

'왜 그런 일이 내게 일어났을까?'

사고에서 깨어나면서 온 몸의 통증을 느끼며 스스로에게 가장 먼저 던졌던 질문이다. 세상은 어제와 다름없이 흘러가고 있었다. 지난밤 내 삶에 갑작스레 닥쳐온 사고는 내 몸에 큰 상처를 남겼다. 그와 동시에 새롭게 출발할 수 있는 시간을 마련해줬다. 자신에게 던진 한 마디 질문에 답은 찾을 수 없었다. 하지만 사고 이전과는 다른 삶을 살면서 새로운 것을 추구하고 있는 지금 생각해보면 답은 분명하다. 그 사고는 나를 새로운 인생길로 접어들게 하려 했었던 것이다. '왜?' 라는 질문을 '이 사고에서 무엇을 배울 수 있을까?' 라고 바꿔서 생각해봤다.

후회를 한다고 변하는 것은 없다. 단지 이 사고가 내게 어떤 의미인지가 더 중요하다고 여겼다.

여의도 성모병원에서 성공적으로 수술을 받고 난 후였다.

"당신, 지금 모습이 어떤지 알아?" 아내가 물었다.

"내 모습이 어떻기에?"

"지금 정말 많이 좋아졌는데, 처음에는 얼굴이 말이 아니었어."

생각해보니 사고가 난 후 나는 내 얼굴을 한 번도 본 적이 없었다.

"거울 좀 줘봐."

"거울은 없으니까 핸드폰으로 사진 찍어 줄 테니 한 번 봐."

"그래, 알았어."

아내가 찍어준 사진 속에는 아주 낯선 남자가 있었다. 눈 주위는 멍이 든 것처럼 시꺼멓고, 수염은 제멋대로 자라 있었다. 내가 아닌 듯했다.

"정말로 많이 좋아진 거야. 처음 봤을 때는 무서워서 쳐다볼 수도 없었어."

사고 후 중환자실에서 처음 만난 아내가 눈물을 흘리며 훌쩍거리던 모습이 떠올랐다. 의식을 되찾고 나서도 어느 누구도 생각하기 어려웠다. 몸 상태를 떠나서 내가 왜 중환자실에 있는지, 그저 빨리 벗어나고 싶다는 생각뿐이었다. 길지 않은 인생이었지만 지나간 일들을 머릿속에 떠올려 봤다. 지금까지와는 다른 삶을 살아야겠다고 결심했다. 김수환 추기경은 '고통은 새로운 세계를 열어주는 문입니다.' 라고 했다. 이 고통은 나를 새로운 세계로 안내할 것이라고 믿었다.

수술 이후 차츰 통증이 가라앉기 시작하면서 당장 무엇이라도 해야 할 것 같았다. 제일 먼저 떠오른 것은 책이었다. 하루 종일 누워 있어야 했던 내게 독서가 유일한 방법이었다. 아내에게 부탁해서 얼마 전까지 읽고 있었던 책부터 읽어나갔다.

헨리 데이비드 소로우의 《월든》에 이런 구절이 있었다.

"사람이 자기 꿈의 방향으로 자신 있게 나아가며,
자기가 그리던 바의 생활을 하려고 노력한다면
그는 보통 때는 생각지도 못한 성공을 맞게 되리라."

이 구절을 읽고 생각해봤다. '나는 과연 꿈이란 것을 갖고 살아왔나?' '나는 무엇을 위해 살고 있나?' 자신에게 질문을 던졌으나 해답은 찾을 수 없었다. 명확한 꿈도 삶의 목표도 없었다. 단지 하루하루 이어가기 급급하게 살아왔던 것이다. 꿈이란 것이 언제부터 내 인생에서 사라졌는지조차 알 수 없었다. 우선 내 꿈을 바로 세우는 것이 필요했다.

우리는 태어나고 자라면서 육체적으로나 정신적으로 성장하고 발전한다. 그리고 우리의 내면에는 한 살의 나도 있고, 열 살의 나도 있고, 고등학생의 나도 있고, 대학생의 나도 공존한다. 삶의 수많은 단계에서의 내가 내면에 공존하고 있는 것이다. 수많은 나를 만나려고 노력했다. 개구지고 장난기가 넘치던 꼬마, 나름대로 되고 싶은 것이 있었던 나도 만나고, 목표를 향해 힘껏 달렸던 나도 만났다. 과거 속의 수많은 나는 미소를 지으며 나를 응원하는 듯했다. 지난날들의 자신을 만나면서 다짐을 했다. 단 하루도 헛되이 보내지 않을 것이며 항상 깨어 있는 정신으로 살기로 말이다.

진정한 내면의 자신과 만나게 되자 잃어버렸던 꿈을 그려보기 시작했다. 인생의 어느 때이건 늦었다고 할 수 있는 시기는 없다. 오히려 시작조차 하지 못하는 것을 두려워해야 한다. 꿈이라는 목표가 있어야 그것을 만날 수 있다. 꿈을 꾸고 꿈이라는 씨앗을 심기로 했다. 가을에 큰 수확물을 얻기 위해서 씨앗을 뿌리고 잘 키워나가기로 했다.

시련은 누구에게나 온다. 그리고 시련은 선물이다. 우리가 더 나은 자아로 성숙하도록 주어지는 것이다. 그렇기에 시련에 부딪혀도 좌절하거나 쓰러지거나 낙담할 필요는 전혀 없다. 몇 번의 시련으로 쓰러

져버릴 거라면 살아갈 의미가 없다. 시련은 감사한 마음으로 극복해내고 성장하는 계기로 삼으면 된다. 낙상사고는 내게 그런 시련이라고 생각했다. 성장하고 성숙되어 갈 수 있는 기회라고 여겼다. 나보다 더 극한 상황을 이겨낸 분들이 많다. 겨우 이 정도의 사고로 쓰러져 일어나지 못하면 안 된다고 생각했다. 더 나은 나를 찾기 위해서 내게 주어진 선물이었다.

짐 론은 《내 영혼을 담은 인생의 사계절》에서, 이렇게 당부하면서 글을 맺고 있다.

"나는 당신이 부유하고 건강하며 행복한 삶을 살기를 바란다.

인내의 선물과 이성의 미덕, 지식의 가치 그리고 가치 있는 보상을 꿈꾸고 성취하는 자기 능력에 대한 믿음의 힘을 누리는 삶 말이다."

누군가는 지금도 시련 속에서 보내고 있을지 모른다. 하지만 감사한 마음으로 받아들이고 극복해나가야 할 것이다. 매일 아침 책을 읽으며 내면의 나를 만난다. 내가 진정으로 원하는 것들을 확인하고 내가 해야 할 것들을 되새겨본다. 운동을 할 때도 마찬가지다. 땀을 흘리면서 깨어 있는 정신으로 원하는 것에 집중한다. 인생은 오직 한 번뿐이다. 꿈을 이루고 베푸는 삶을 실천할 것이다. 당신도 책을 통해 진정한 자신과 만나서 삶을 되돌아보고 꿈을 찾아가길 바란다.

03

독서로 스스로를 경영하라

"독서는 정신을 맑게 해주고 생각할 수 있는 힘을 길러 준다.
책은 매일 매일을 주도적으로 관리하도록 해준다.
책은 스스로를 경영할 수 있게 만들고 성장할 수 있도록 이끈다."

하루의 소중함은 모든 사람들이 알고 있다. 하지만 그 소중함을 마음속에 품고 깊이 생각하면서 사는 사람들은 의외로 적다. 바쁜 일상을 보내면서 그런 시간을 내지 못한다고들 한다. 그렇다 하더라도 우리는 하루의 소중함을 깨닫고 그 하루를 어떻게 보내야 할지를 고민해야만 한다. 하루하루가 모여서 일주일이 되고, 한 달이 되고, 일 년이 되고, 그것들이 쌓이면 한 사람의 역사가 되기 때문이다. 멋진 역사를 만들어 나갈 것일지 아닐지는 오늘 하루를 어떻게 보내느냐에 따라 달라진다. 우리의 미래는 자신이 만들어 가는 것이지, 누구도 도와주지 않는다. 물론, 조언을 들을 수는 있겠지만, 결국엔 그것을 나의 것으로 만들고 실천해서 멋진 역사를 만드는 것은 우리 자신의 몫이다.

'수신제가치국평천하'

《대학》에 나오는 말이다. 먼저 마음을 올바르게 하여 몸을 닦고, 몸을 닦아서 집안을 가지런히 하고, 집안을 가지런히 한 연후에 나라를 다스리며 천하를 태평하게 한다는 의미다. 나라를 다스리고 천하를 태평하게 하기 위해서는 스스로의 마음을 다스릴 줄 아는 것이 군자의 출발점인 것이다. 마음이 올바르지 않으면 보아도 보이지 않고, 들어도 들리지 않으며, 먹어도 그 맛을 알지 못한다고 했다. 자신의 삶을 이끌어 나가기 위해서는 우선 올바른 마음으로 스스로를 경영해야 한다.

책을 읽는다는 것은 마음을 공부하는 것이다. 저자의 경험과 깨달음을 통해 통찰력을 키우고, 자신의 삶에 어떻게 적용할 것인지를 생각한다. 우리는 삶을 살아가면서 꿈을 갖고, 그 꿈을 이루기 위한 목표를 세운다. 목표를 향해 나아가기 위해서는 행동으로 실천해야 한다. 그러기 위해서 우선 자신의 마음을 잘 다스려야 한다.

습관은 매우 중요하다. 제대로 된 습관이 자신의 삶을 혁신적으로 바꿔 놓을 수도 있기 때문이다. 감정 또한 습관이다. 《감정은 습관이다》에서 저자 박용철은 '사람의 감정은 표준감정에 따라 다르다. 사람의 뇌는 유쾌한 감정이건 불쾌한 감정이건 익숙한 감정을 선택한다.'고 한다.

아침에 아내와 연경이가 쉐이크를 먹었다. 연경이는 영양제까지 먹었다. 그런데 먹지 않고 남아 있는 칼슘제 하나가 보였다.

"연경아! 하나 안 먹은 게 있어."

아내가 이때, "확씨……"라고 한다.

"연경아, '비타민 먹어' 랑 '확씨' 는 같은 말이야."

나는 웃으면서 어서 먹으라는 의미로 말했다. 아내는 이렇게 얘기한다.

"확씨는 모든 걸 뜻하는 거야." 의미심장한 말이다. 그래서 나는 우스개로 얘기했다.

"연경아, 우리나라에는 확 씨라는 성도 있어."

아이가 남겨 놓은 영양제를 보고 아내는 화가 나는 감정을 택했고, 나는 재밌게 넘어가려는 감정을 택했던 것이다. 이 모든 감정이 습관일지도 모른다. 이러한 습관을 바꾸기 위해서는 평소에 자각하는 것도 필요하고 상황이 닥칠 때마다 좋은 감정을 택하기 위해서 의식적으로 노력도 해야 한다.

우리의 삶을 잘 이끌어 가기 위해서는 우선 마음을 잘 다스리고 날마다 주어지는 하루를 계획적으로 잘 살아내는 것이 가장 중요하다. 책 속에서 그런 삶을 위한 길을 안내 받을 수 있다.

삶을 살아가면서 우리는 다양한 사람들과 만난다. 그들과 관계를 맺고 삶을 채워나가고 있는 것이다. 하지만 만나는 모든 사람이 좋은 인연으로 이어지지는 않는다. 때로는 나쁜 인연들도 많다. 그렇다고 접근하는 모든 사람을 자신이 선택할 수는 없는 것이다. 다만 내 주위에 남기고 싶은 사람은 스스로가 선택할 수 있다. 이러한 마음가짐으로 살아갈 때 마음이 맞는 좋은 사람들과의 인연을 계속 이어나갈 수 있을 것이다.

어떠한 일을 할 때 가끔 대충 넘어가거나, 지키기로 했던 원칙을 어느 순간 어기는 경우가 많다. 자신과의 약속 또한 다른 측면에서 보면 살아가는 원칙이고 방향이다. 원칙이란, 세우고 지키기는 어려우나 어기기는 쉽다. 우리가 어떤 계획이나 목표를 세우고서도 마찬가지다. 지속적으로 실천하지 못하고 작심삼일로 끝나는 경우가 많다. 이 또한 자신이 세운 원칙을 어기는 것이다. 박현찬의 《원칙 있는 삶》에서 아래와 같은 대화가 나온다.

"꼭 이루어야 하는 일이라면 반드시 원칙을 지키게. 그리고 원칙을 기준으로 삼아 죽을 만큼 최선을 다하게나. 그러면 때때로 소망하는 일 그 이상을 이루게 되지. 이것이 바로 위대함에 이르게 하는 원칙의 힘이라네. 또한 그것은 모든 일을 이루는 우주의 법칙이기도 하지."

그렇다. 원칙을 지키며 최선을 다할 때 우리는 삶의 기준을 지켜나갈 수 있다. 그러면 생각보다 큰 성공을 맞이하게 될 것이다. 나는 자신과의 약속, 즉 원칙을 철저히 지키며 살아가려고 한다.

자신의 삶을 책임지고 경영해나가기 위해서는 여러 요소가 필요하다. 그 중에서도 가장 중요한 것이 마음자세이다. 긍정적인 마음으로 감정을 조절해야 한다. 그리고 어떤 상황에서도 습관적으로 좋은 감정을 선택할 수 있도록 훈련해야 한다. 또한 원칙 있는 삶을 지향해야 한다. 습관처럼 익숙해질 때 우리 삶이 바뀌는 계기가 된다.

독서를 통해 감정 훈련도 할 수 있고, 원칙 있는 삶의 중요성을 인식하게 된다. 책을 통해 들어오는 지식과 정보를 자신의 것으로 소화하면 그것은 지혜가 되고 살아갈 힘이 길러진다.

나는 아침에 일찍 일어나 독서로 하루의 경영을 시작한다. 독서는 정신을 맑게 해주고 생각할 수 있는 힘과 멘탈을 강화시켜 준다. 책은 매일 매일을 주도적으로 관리하도록 해준다. 책에서 얻는 정보와 성찰로 성장해가고 있다. 이렇게 책은 스스로를 경영할 수 있게 만든다.

04

흔들리지 않는 독서를 하라

"형장으로 가기 전, 안중근 의사는 읽던 책을 마저 읽도록
5분만 시간을 달라고 했다. 책은 꿈이라는 소망을 현실로 나타나게 해준다.
간절하고 절실한 마음으로 책을 읽자."

우리가 살아가는 세상에는 수많은 기준들이 있다. 그 중에 강제성이 있는 규칙과 규범도 있고, 강제성은 없지만 자율적으로 지켜야 하는 규칙들도 있다. 운전을 하면 정지선을 지킨다거나 횡단보도에서는 일단 정지해야 하는 등의 기준이 있다. 선거에 참여하려면 만 19세가 되어야 한다. 놀이동산에 가면 신장에 따라 제한하는 기준도 있다. 이처럼 우리는 많은 기준과 규칙 속에서 사회생활을 해나가고 있다. 물론, 가정에서도 해도 되는 것과 그렇지 않은 것들에 대한 기준이 있을 것이다. 그런데, 자기 자신을 지키거나 성장하기 위한 기준이 없는 경우가 많다는 것은 의외이다. 기준이 있더라도 자신과 쉽게 타협을 하거나, 기준을 잊어버리고 행동한다.

책을 읽는 것도 마찬가지다. 처음부터 자기만의 기준을 갖기는 어렵지만, 지속적으로 독서를 하다보면 자기만의 기준이 생긴다. 책을 읽으면서 생기는 기준을 좀 더 명확하게 할 필요도 있다. 그것은 책을 읽는 방법일 수도 있고 읽는 책의 종류일 수도 있다. 이에 더해 얼마만큼의 시간을 독서에 투자할 것인지와, 언제 책을 읽을지도 포함된다. 나아가 책을 읽는 목적을 분명히 해야 한다. 자기만의 흔들리지 않는 기준을 세워야 하는 것이다. 독서는 취미로 하는 것만이 아니기 때문이다.

처음에는 베스트셀러 위주의 책을 선택해서 독서를 취미삼아 시작했다. 독서의 중요성은 너무나 잘 알고 있었기에 습관으로 만들려고 여러 해 동안 노력했다. 읽은 책들이 조금씩 누적되면서 어떤 책을 읽어야 할지 방향을 잡기 시작했다. 세상에 도움이 전혀 되지 않는 책은 없다지만 차이는 있다. 저자의 생각이나 깨달음이 전혀 들어가 있지 않거나 부족한 책은 그다지 반갑다고 할 수 없다. 어쩌면 시간만 낭비하는 꼴이 될 수도 있다.

독서법 관련한 책들을 보면 여러 가지 방법을 제시한다. 정독, 속독, 음독, 발췌독 등이다. 무엇이 옳고 좋은 것이라고 단정 지을 수는 없다. 읽는 사람의 상황에 맞춰 자신에게 가장 잘 맞는 방법으로 하는 것이 좋다. 책을 읽는 목적에 따라서도 달라진다. 누구는 빠르게 읽는 것이 정답인 양 말하기도 하고, 누구는 느리게 제대로 읽는 것이 옳다고도 한다. 저자가 경험했던 것을 바탕으로 주장하는 것은 이해한다. 하지만 그것이 모든 이에게 공통적으로 적용될 수는 없음을 간과한 것으로 느꼈다. 자신만의 방법으로, 지속적으로 해나가는 것이 가장 중요하지 않을까. 나는 정독을 하는 편이어서 읽는 속도가 매우 느린 편이다. 조금 속도를 내서 더 많은 책을 빨리 읽었으면 하는 바람도 있긴 하다. 하지만, 어떻게 읽느냐보다 읽고 나서 무엇을 얻느냐가 더 중요하다. 그렇기에 읽는 속도에 너무 연연할 필요는 없다고 본다.

책을 읽다보면 몰입되는 순간이 있다. 책 속의 내용에 깊이 공감이 된다거나, 알고자 하는 내용이 담겨 있는 책들에서 그런 순간을 경험하게 된다. 《하루 10분, 독서의 힘》의 임원화 작가는 하루 10분씩의 몰입 독서를 강조하고 있다. 하루 10분을 투자하여 치열하게 몰입하다 보면 1년에 50권의 독서가 가능하다고 한다. 적은 시간이라도 꾸준하게 몰입 독서를 하게 되면 상당량의 독서를 할 수 있음을 알 수 있다.

주로 한 권을 읽고 나서 다른 책을 읽었다. 책에 대한 욕심이 생기면서 여러 권을 동시에 읽기도 했으나 결과는 좋지 않았다. 어느 한 권도 집중이 제대로 되지 않아서 읽은 내용이 잘 습득되지 않았다. 여러 권을 동시에 읽을 때는 책의 종류를 달리하면 각각의 책에 집중도를 유지할 수 있다. 지금은 세 권 정도를 동시에 읽는다. 가볍게 읽을 만한 책, 의식을 확장하여 주는 책, 인문서 내지는 자기계발서로 구성하여 독서를 한다. 자신에게 맞는 방법을 찾아 여러 권을 함께 읽어 나가는 것도 좋은 방안이다. 같은 종류의 책을 여러 권 읽는 것은 추천할 만한 방법이 아니다. 오히려 혼돈을 가져올 가능성만 커진다.

하루 24시간 중 어느 시간대에 얼마만큼을 독서에 투자하는 것이 좋을까? 책을 읽는 시간과 장소 또한 많은 시행착오를 통해 자신과 맞는 방법을 찾는 것이 좋다. 더 이상 독서를 할 시간이 없다는 핑계는 대지 않았으면 한다. 하루 일과 중 자투리 시간으로 버려지는 시간이 상당하다. 그 시간만 활용한다고 해도 상당량의 독서를 할 수 있다. 출퇴근 시간에 스마트폰으로 기사를 읽거나 SNS를 하는 대신 책을 읽자. 점심시간의 남는 시간도 활용하자. 나는 아침에 일찍 일어나서 독서할 시간을 확보한다. 새벽 시간은 누구에게도 방해 받지 않는다. 게다가 주위가 조용하니 몰입해서 읽을 수 있는 장점이 있다. 장소별로 읽는 책을 구별할 수도 있다. 집중도가 높은 아침 시간은 의식 책이나 자기계발서, 출퇴근 시간과 같은 자투리 시간에는 가볍게 읽을 만한 책으로 구분해보자.

가장 중요한 것은 어떤 책을 어떤 목적을 가지고 읽느냐일 것이다. 그리고 무엇을 얻느냐이다. 읽은 책이 누적되어 갈수록 책을 선택하는 능력은 향상된다. 그리고 각자 책을 읽는 목적을 파악하자. 지식을 얻으려는 것인지, 자기계발을 위한 것인지, 여가시간을 활용하려는 것인지 말이다. 목적에 따라 어떻게 읽을 것인지가 다를 것이고 몰입 정도도 다를 것이다.

무슨 일이든 마찬가지겠지만 흔들리지 않는 독서를 이어가기 위해서는 꾸준함이 필요하다. 하루에 단 5분이 되더라도 책을 손에서 놓지 말아야 한다. 한 번 리듬이 끊기면 끊긴 리듬이 유지되고, 그것에 익숙해져 버리고 만다. 잃어버리긴 쉬워도, 다시 바로 세우기 위해서는 항상 상당한 시간이 소요된다. 처음보다 더 긴 기간이 필요해질 수도 있다.

안중근 의사는 형장으로 가기 전에, 읽던 책을 마저 읽도록 5분만 시간을 달라고 했다. 그의 책에 대한 절실함과 간절함이 느껴진다. 간절하고 간절할 때 소원도 이루어진다고 한다. 책은 꿈이라는 당신의 소망을 현실로 나타나게 해줄 것이다. 간절하고 절실한 마음으로 책을 읽자.

다양한 종류의 책을 다양한 방법으로 읽으면서 나만의 틀이 잡혀졌다. 급속하게 읽는 양이 늘어난 것은 아니지만 점진적으로 향상되어 왔다. 그 안에서 흔들리지 않는 나만의 형태가 만들어졌고, 지금은 하루라도 책을 손에 잡지 않으면 오히려 불안한 느낌이 든다. 피치 못할 사정이 생기지 않는 한, 독서로 시작하지 않는 날은 단 하루도 없다. 어떤 상황에서도 흔들리지 않고 이어나갈 수 있는 자신만의 독서의 틀을 만들어보자.

05

하루에 한 권, 다른 세상을 만나라

"나는 매일 아침 책과 만난다.
내가 읽는 책 한 권에는 내가 경험하지 못한, 저자가 겪은 세상이 담겨 있다.
책을 읽음으로써 새로운 세상과 간접적으로 만날 수 있는 방법이다."

우리에게는 자고 일어나면 하루라는 시간이 부여된다. 누구에게나 공평하게 주어지는 시간이다. 그 시간을 어떻게 보내느냐에 따라서 인생의 방향은 달라진다. 목표와 계획을 향하여 정진하며 보낼 수도 있고, 매일 똑같은 일상에 마지못해 끌려 다닐 수도 있다. 시간이 흘러 지나간 일들을 후회하지 않기 위해서라도 우리는 오늘을 제대로 살아야 한다.

우리의 인생은 우리가 만들어 간다. 내가 만들지 않은 인생은 없다. 다만 행복한 이는 행복을, 불행한 이는 불행을 선택했을 뿐이다. 《잠들어 있는 성공 시스템을 깨워라》의 저자 브라이언 트레이시는, 우연은 없다고 강조한다. 우주의 최대법칙은 인과관계라고 한다. 즉, 원인이 있어야 결과가 따른다는 것이다. 예를 들어, 현대그룹의 정주영 회장처럼 성공하려면 그가 살아온 인생을 하나도 빠짐없이 조사를 한다. 그런 다음 자신의 인생에 똑같이 복사한다면 그와 같은 성공을 이룰 수 있다고 얘기한다. 즉, 자신의 롤모델이나 성공한 사람들을 찾아서 그들과 똑같이 따라한다면 같은 결과를 얻을 수 있다는 것이다. 대부분의 사람들은 성공한 사람들의 책을 읽고 동기부여를 받지만, 그것을 자신의 생활에까지 적용시키지는 못한다. 책을 읽고 공감하고 고개만 끄덕인다고 달라지는 것은 없다. 행동해야 한다. 그렇기에 자신의 성공적인 미래를 위해서 지금 어떤 씨앗을 심는지가 정말 중요하다.

살아가면서 실패와 좌절은 예고 없이 찾아온다. 이럴 때 당신은 어떻게 할 것인가? 그런 상황에서도 스스로 책임지겠다는 결단과 행동을 할 때만이 다시 일어설 수 있게 한다. 나 역시 이 책을 만나면서 일어섰다. 예고 없이 찾아온 사고에 좌절하기보다는 목표를 세우고 행동하는 삶을 선택할 수 있었다. 그 책은 앤디 앤드루스의 《폰더 씨의 위대한 하루》였다.

사십 중반의 데이비드 폰더는 실직을 하고 우연한 자동차 사고를 당한다. 그 사고로 인해 과거로 가는 블랙홀로 빨려 들어가면서, 하루 동안 환상적인 여행을 하게 된다. 폰더는 여행을 하면서 역경과 고난,

시련을 이겨낸다. 역사의 한 장을 장식한 7인과 만나고 새로운 삶의 빛을 발견한다. 그러면서 '내 인생은 내가 선택한다'고 다짐한다. 여행에서 돌아온 데이비드 폰더는 일곱 가지 원칙을 적었다.

첫째, 공은 여기서 멈춘다. 나는 나의 과거와 미래에 대하여 총체적인 책임을 진다.

둘째, 나는 지혜를 찾아 나서겠다. 나는 남들에게 봉사하는 사람이 되겠다.

셋째, 나는 행동하는 사람이다. 나는 이 순간을 잡는다. 지금을 선택한다.

넷째, 나는 단호한 마음을 가지고 있다. 나의 운명은 이미 결정되었다.

다섯째, 오늘 나는 행복한 사람이 될 것을 선택하겠다. 나는 감사하는 마음을 가진 사람이다.

여섯째, 나는 매일 용서하는 마음으로 오늘 하루를 맞이하겠다. 나는 나 자신을 용서하겠다.

일곱째, 나는 어떠한 경우에도 물러서지 않겠다. 나는 커다란 믿음을 가진 사람이다.

우리는 인생의 주인공이다. 누구도 나를 대신해서 결정하고 행동해 줄 수 없다. 이미 바뀔 수 없는 기록인 과거에 얽매이지 말고, 미래지향적으로 살아야 한다. 나는 폰더 씨의 이야기를 읽고 더 이상 현실에 안주하거나 남 탓을 하는 일은 하지 않기로 했다. 나에게 일어난 모든 현실은 내가 초래한 것이다. 시련에 처했더라도 그것을 딛고 일어서는 것 또한 내가 단호한 마음을 먹고 행동해야 벗어날 수 있다. 사고 역시 나의 불찰로 인한 것이다. 오늘 하루에 감사하며 어떠한 경우에도 헛된 시간을 만들지 않을 것을 다짐했다.

나는 매일 아침 책과 만난다. 읽는 책 한 권에는 내가 경험하지 못한, 저자가 겪은 세상이 담겨 있다. 그러니 책을 읽음으로써 새로운 세상과 간접적으로 늘 만날 수 있는 것이다. 언제나 나를 변함없이 굳게 믿어주고 기다려주고 아껴주고 응원해주는 가족이 있듯이, 책은 나와 만나기를 언제나 기다리고 있다. 한 권의 책을 읽을 때마다 나는 저자의 생각과 깨달음을 나의 경험 상자에 넣으면서 성장해나간다.

책을 읽다 보면 누구나 인생을 바꿔주는 책을 만날 수 있다. 나 역시 그런 책이 있다. 잠자던 의식을 깨워 주고 잊어버렸던 꿈을 찾도록 해줬다. 나폴레온 힐의 《결국 당신은 이길 것이다》는 그 중에서도 큰 깨달음을 내게 줬다.

'실패란 변형된 축복이다. 겉으로 보기에 아무리 어려워 보여도 모든 적법한 문제에는 반드시 해결 방법이 있다.' '일시적인 좌절과 실패 뒤에는 그에 상응하는 이로움의 씨앗도 함께 온다.' 그렇다. 실패와 같은 시련이 닥치더라도 피하지 말고 정면으로 바라보며 나아가야 한다. 우리는 지금 현재의 조건에서 언제나 다시 시작해야 한다.

책에서는 악마와의 대화로 이야기를 이끌어 간다. 악마는 이렇게 얘기했다.

'인간의 마음을 지배하기 위해 내가 쓰는 가장 교묘한 기술 중 하나는 두려움이야. 그리고 가장 효과적인 두려움은 가난에 대한 두려움, 비판의 두려움, 질병의 두려움, 실연의 두려움, 늙어가는 것에 대한 두려움, 그리고 죽음의 두려움이지.' 살아가면서 많은 두려움으로 갈등하고 시도조차 하지 않는 것들이 많다. 내 안의 두려움을 모두 이겨내기 위해서는 강한 신념을 가져야 한다. 사랑의 긍정적인 힘을 길러야 한다. 특히 가난과 죽음에 대한 두려움을 이겨낸다면 삶을 살아가면서 무엇도 할 수 있을 것이라고 생각했다. 그렇게 하면 살아있는 동안 행복하게 살 수 있지 않을까.

'인생에서 중대한 목표가 없는 사람을 방황자라고 보면 되네.' '방황하지 않는 자는 언제나 명확하고 체계적으로 수립된 계획을 바탕으로 확실한 일에만 몰두한다네.' 꿈이 없는 삶을 반성했다. 꿈과 목표가 없는 삶은 알맹이가 없는 껍데기만 있는 삶이다. 나는 당장 내면에서 흩어져 있던 꿈을 꺼내 명확하게 하고 인생의 목적과 계획을 세웠다.

'명확한 계획과 목표를 가지고 움직이는 사람은 일시적인 좌절과 실패의 차이를 구분할 수 있지. 그는 계획이 실패하면 다른 계획으로 대체하기는 해도 자신의 목표를 변경하지는 않아. 그는 인내하면서 끝까지 기다리네.' 꿈을 명확하게 하고 그 꿈을 향한 구체적인 계획을 세우자. 삶의 과정에 어떠한 역경과 난관이 닥친다 할지라도 흔들림 없이 끝까지 인내할 수 있을 것이다. 그럴 때 꿈도 이룰 수 있다.

나를 돌아보고 미래를 그릴 수 있게 하는 책들을 만나면 더없이 행복하다. 그리고 내가 가야할 길을 명확하게 볼 수 있다. 한 권씩 읽어나가면 나갈수록 나는 점점 더 큰 사람이 되어감을 느낀다. 늦은 때란 없다. 바로 지금부터 시작할 수 있다는 용기와 자신감을 갖자. 그런 사람에게 세상은 활짝 문을 열어줄 것이다.

06

독서의 내공이 인생의 차이를 만든다

"생각을 행동으로 옮길 때 무슨 일이든 일어날 준비가 시작되는 것이다.
지금 읽는 책이 시간이 지나면 크나큰 인생의 차이를 만들어 낼 것이다.
독서로 자신만의 내공을 쌓자."

일신우일신(日新又日新)

'날마다 새롭다' 는 뜻으로 매일매일 발전된 삶이 될 수 있도록 끊임없이 노력하며 살라는 말이다. 매일 주어지는 하루를 조금이라도 발전된 방향으로 이끌어 가기 위해서는 항상 새로움을 추구해야 한다. 어제보다 조금이라도 나아진 모습으로 살고 싶거나 삶의 어떤 역경에도 흔들리지 않고 싶다면, 반드시 책을 읽어야 한다. 책에 있는 다양한 지식과 경험은 그 어디에서도 쉽게 얻기 어렵다.

독서는 모든 교육의 기본이 된다. 어린 시절부터 독서를 습관화하면 사고력과 창의력을 향상할 수 있다. 독서를 하는 아이가 학업 성적도 우수하다. 책을 읽음으로써 책 속의 내용을 파악하는 능력이 좋아지고, 경험하지 못했던 것들을 간접적인 경험을 통해 체험한다. 이러한 것들이 쌓여서 자신만의 생각능력의 향상을 가져오기 때문이다.

책을 읽다 보면 다른 사람의 생각과 부딪히기도 하고 자연스럽게 섞이기도 하면서 새로운 생각이 탄생한다. 여기에 내가 살면서 겪은 경험과 지혜가 합쳐지면서 자신만의 내공이 만들어진다. 독서는 삶을 살면서 맞닥뜨리는 고난이나 역경을 극복할 수 있는 힘을 기를 수 있게 한다. 그래서 책을 읽는 사람은 시련에 좌절하지 않고 자신이 원하는 방향대로 인생을 이끌어 나갈 수 있다.

칼 필레머는 《내가 알고 있는 걸 당신도 알게 된다면》에서 인생의 모든 길을 직접 걸어본 사람들의 축적된 경험과 조언이야말로 우리 세대가 물려받아야 할 가장 빛나는 정신적 유산이라고 확신했다. 1,000명이 넘는 70세 이상의 각계각층의 사람들을 대상으로 질문과 인터뷰를 했다. 이를 통해 인생에서 가장 소중한 지혜들을 소개한다. 인생을 이미 살아낸 사람들은 과거를 돌이켜보며 그들이 했어야 했던 것들에 대해 얘기한다. 그리고 그런 생각을 통해 얻은 자신만의 지혜와 철학을 말한다. 아직 가보지 않은 미래에 대해 어떤 생각과 대안으로 현재를 살아갈 것인지를 명확하게 하는 계기가 됐다.

'시간도 없는데 책을 꼭 읽어야 하나?' '책을 읽을 시간이 있다면 차라리 쉬는 게 좋겠어.' 이렇게 생각하는 사람들이 많다. 과거의 나 역시 그렇게 생각했다. 책을 읽음으로써 얻게 되는 많은 유익함들을 알지 못해서 생기게 되는 곡해다.

「타임머신」이라는 영화가 있다. 영화는 80만 년 후 지구의 모습을 보여준다. 얼핏 보기에 노동이나 전쟁의 고통이 없어 보였다. 하지만 오랜 전쟁의 결과로 인간의 모습을 한 엘로이들은 멀록에게 사육당하는 위치에 있었다. 엘로이들은 과거도 현재도 알지 못하고, 배움도 없는 단순한 동물에 불과했다. 주인공 조지는 엘로이들의 문명을 재건하기 위해 타임머신을 타고 떠난다. 그가 가지고 간 것은 바로 책 세 권이었다. 역사와 미래와 지식, 문화도 없는 엘로이들을 변화시키기 위해 필요한 것이 책이라고 생각했던 것이다. 책에는 인류의 역사와 지식, 지혜가 담겨 있다. 책에서 얻게 되는 것들을 통해 미래를 설계하면서 나아갈 수 있다. 즉, 책 속에는 우리의 미래가 있는 것이다.

인생을 살아가면서 수많은 일을 직접 체험할 수 있다면 인생이 재미있을 것이다. 하지만, 사람에게는 시간이 한정되어 있다. 한정된 시간 안에서 타인의 인생을 경험할 수 있는 방법은 독서밖에 없다. 책을 전혀 읽지 않던 사람이 책을 읽는다는 것은 쉬운 일은 아니다. 하지만 독서를 하지 않고 바쁜 생활에 치이며 살아가는 삶은 변하기가 어렵다. 몇 년이 지나고 수십 년이 지나도 말이다. 단지 살아낸 것으로 만족할 수 있을까? 그럴 수도 있다. 하지만 우리가 인생을 사는 것은 의미 있는 삶이어야 한다. 그런 삶을 만들어 가기 위해서는 변화를 모색하고 목표가 있어야 한다. 독서가 변화의 출발점이 될 수 있다. 따라서 얼마간의 강제성을 띠더라도, 지금이라도 시간을 만들고 책을 읽을 환경을 만들어 보자.

책의 내용을 처음부터 완벽하게 이해할 필요는 없다. 독서를 통하여 넓고 얕게라도 지식과 생각의 폭을 넓혀 놓을 필요가 있다. 언제일지는 몰라도 다양한 쓰임새로 연결될 수 있다. 연결이 되면 그 때 깊게 파고들어 깊은 지식을 쌓으면 된다. 이 또한 지속적인 훈련이 필요하다. 지속적으로 하지 않으면 수준이 향상되지 못한다. 다양한 책을 꾸준하게 읽는 것이 무엇보다 중요하다.

링컨은 이런 말을 했다. '한 권의 책을 읽는 사람은 두 권의 책을 읽는 사람에게 지배를 받는다.' 라고 말이다. 역사적으로 동서양을 막론하고 노예에게는 공부가 허락되지 않았다. 노예가 공부를 하면 주인에게 매를 맞거나, 노예에게 책을 주면 책을 준 사람도 처벌을 받았다고 한다. 노예가 스스로 사고를 하도록 해서는 안 된다는 생각이 깔려 있기 때문이었다. 인간은 사고를 통해 꿈을 꾸고 새로운 것을 추구하게 되기 때문이다.

오늘날 공교육은 먹고 살 정도의 지식을 가르쳐 준다. 하지만 사회구조적으로 보면 계층의 제일 아랫부분에서 힘들게 일하는 사람을 대량생산하기 위한 목적이다. 현실에 젖어 생각 없이 산다는 것은 과거 노예와 같은 삶을 사는 것과 다름없다. 사고능력을 기르고 확장하는 데에 책만큼 유익한 방법은 없다. 책을 읽지 않는다면 평생 책을 읽는 사람들의 지배 아래에서 살아가게 된다. 성공한 많은 사람들이 독서가였다는 사실이 이를 증명한다. 당신이 더 나은 삶, 즉 주체적인 삶을 당신 인생에 끌어오려면 독서를 해야 한다.

책을 읽고 다양한 사고를 함으로써 자신의 품격 또한 높아진다. 독서의 내공이 쌓여 가는 것이다. 내공이 커질수록 많은 것을 이루는 삶으로 향하게 된다. 자연스레 따르게 되는 사람들이 생길 것이고 리더십 있는 사람이 된다. 나는 독서로 변화된 삶을 추구하고 그것을 알리는 메신저로 살아갈 것이다.

누구라도 당장 책을 읽을 수 있다. 더 이상 늦추지 말자. 변함없는 일상을 탓하기만 하면서 시간을 낭비하지 말자. 무엇이든 행동하지 않으면 변화할 수 없다. 생각을 행동으로 옮길 때 무슨 일이든 일어날 준비가 시작되는 것이다. 지금 읽는 책이 시간이 지나면 크나큰 인생의 차이를 만들어 낼 것이다. 독서로 자신만의 내공을 쌓자.

아직도 머뭇거리고 있는가? 무슨 책을 읽어야 할지 고민이 되는가? 혹은 시련속에서 어려움을 겪고 있는가? 그렇다면 나에게 바로 전화를 하라. 010. 9027. 9297로 연락하면 당신에게 책을 읽도록 동기 부여해 줄 것이다. 당신이 머뭇거리고 있는 사이에도 삶이란 시간은 계속 흘러가고 있다. 지금이라도 시작하면 된다. 잊지 말자 삶은 한 번뿐이다.

07

삶은 누구에게나 한 번만 주어진다

"삶은 누구에게나 단 한 번뿐이다.
인생에서 주인공은 나 자신이고 세상은 나를 중심으로 돌아간다.
주인공인 내가 주체적으로 살아가기 위해서는 끝없는 자기계발이 필요하다."

'남이 시키는 일만 할 것인가, 아니면 창의성을 발휘하는 일을 할 것인가?'

삶은 각자에게 주어진 한 번 뿐인 인생이다. 인생이라는 무대에서 주인공은 바로 자신이다. 세상은 나를 중심으로 돌아간다. 내가 없으면 세상이라는 것도 의미가 없다. 주인공인 내가 남에게 끌려 다니면서 살아갈 이유는 더욱 없다. 주체적으로 살아가야 한다. 그런 삶을 위해서 우리는 끝없이 자기계발을 하기 위해 노력하면서 살아간다.

생각의 틀을 바꾸는 것이 진정한 자기계발이다. 그러기 위해서는 제대로 된 독서가 필요하다. 책을 읽으면 전혀 몰랐던 세계를 접하게 되고, 호기심을 갖게 되고, 질문을 하게 된다. 이러한 질문은 전과 다른 생각을 하게 하고, 이것이 새로운 아이디어나 창의력으로 이어진다.

책을 읽어오지 않았다면 처음에는 책을 선정하는 데 어려움이 많을 수도 있다. 하지만 부담감을 갖지 말고 종류에 상관없이 책을 읽기 시작하는 것이 중요하다. 일단 시작을 한다면 이전과는 전혀 다른 삶으로 나아가게 되기 때문이다. 읽는 책이 늘어나고 쌓이다 보면 자신만의 방향을 잡을 수 있다. 세계적 경영학자 피터 드러커는 3~4년을 한 주제에 관해 집중적으로 책을 읽으며 공부를 했다고 한다. 한 가지 주제에 대한 공부가 끝나면 다시 다른 주제에 관해 파고들었다. 방향을 잡을 때까지는 꾸준히 독서하는 습관을 들이는 것이 먼저이다. 물론, 하는 일과 관련된 것이나 앞으로 희망하는 분야에 대한 책을 읽어도 된다. 어떠한 책을 읽더라도 해가 되는 일은 거의 없기 때문이다.

독서는 삶의 활력소가 되기도 하고 꿈을 꾸게도 한다. 무엇보다도 내가 겪지 못한 것들을 저자를 통해 경험하게 되면서 세상을 좀 더 넓게 생각하고 바라보게 만든다. 나는 사고를 겪고 진정으로 독서를 하게 되었다. 이전에는 계획적인 독서라고 보기에는 어려웠다. 많은 양의 독서도 아니었다. 하지만 사고 이후에는 모든 것이 달라졌다. 책을 읽는 시간과 책을 선택하는 기준들도 바뀌었다. 그렇게 읽는 책들은 잃어버렸던 꿈을 찾도록 이끌어 주었고 주도적인 삶을 살도록 했다.

어제보다 나은 오늘, 그리고 오늘보다 나은 내일을 기대하려면 독서를 해야 한다. 현실에 만족하고 시간을 보내다보면 변화 없이 힘겹게 살고 있는 자신을 발견하게 될 것이다. 책을 읽는 사람은, 처음에는 느끼지 못할지라도 시간이 지날수록 크게 성장하게 된다. 작은 차이가 나중에는 아주 커다란 차이를 만들어낸다. 우리는 누구라도 더 나은 삶과 미래를 꿈꾼다. 하지만 꿈을 꾸기만 해서는 안 된다. 아무런 시도를 하지 않고서 결과를 기대한다는 것은 어불성설이다.

책은 인간이 발견한 가장 위대한 산물 중의 하나다. 문자가 생기면서부터 기록으로 후세에 경험과 지혜를 남겨왔다. 문명이 시작되면서부터 기록되어 왔다. 과거에는 지배계급만이 책을 읽을 수 있었고 독점을 했었다. 책이 일반화된 지금은 누구나 마음만 먹으면 책을 읽을 수 있다. 그럼에도 책을 읽는 사람이 점점 줄어들고 있다. 지금도 나라의 지도자나 회사의 최고경영자들은 많은 책을 읽는다. 책을 더 많이 읽어야만 하는 일반 사람들이 오히려 책을 읽지 않는다. 더 나은 미래와 삶의 업그레이드를 위해서도 책을 읽어야 한다. 읽어야 산다는 말도 있다. 살아 있는 생생한 삶을 위해서 독서를 하자. 책을 외면하면 언젠가 후회하는 날을 맞게 될지도 모른다. 미래를 대비하기 위해서라도 책을 읽자.

독서는 모든 공부의 시작이고, 독서로 모든 것이 달라질 수 있다. 내가 읽는 책이 곧 나의 삶이 되고 미래가 된다. 매일매일 꿈꾸는 삶을 위해서 책을 읽자. 꿈이 없는 삶은 죽은 삶이나 다름없다. 삶이 힘들거나 역경에 처해 있을 때도 언제나 곁에서 위로해주는 것은 책이다. 책만큼 작은 투자로 큰 성과를 낼 수 있는 방법도 없다. 그러니 책을 읽지 않을 이유는 전혀 없는 것이다. 독서와 함께 꿈은 시작된다. 당신도 책으로 꿈을 꾸고 꿈을 이루어가길 바란다.

나는 여전히 참된 삶을 찾아가는 과정에 있다. 그 과정을 책과 함께 하고 있다. 하루에 많은 시간들을 책 읽기에 투자한다. 책에는 미래와 꿈으로 이끄는 힘이 있다는 확신이 있기 때문이다.

하우석의 《내 인생 5년 후》를 읽고 나의 5년 계획을 세웠다. 그 중에 '책 한 권 출간해서 저자가 된다.' 라는 계획이 있었다. 꼭 5년 안에 책을 쓰겠다는 것은 아니었지만 평생 책 한 권쯤은 쓰고 싶었다. 책을 읽다보면 글을 쓰고 싶어진다. 꾸준히 일기를 쓰고, 읽은 책에 대한 느낌이나 책에서 나오는 공감되는 글들을 옮겨 적어 놓는다. 그 글들을 다시 보면서 스스로 동기부여도 하고 자신을 다독이기도 한다. 이런 일련의 과정들이 누적되다 보니 책을 쓰고 싶어졌다. 아주 길지도 그렇다고 아주 짧은 인생도 아니지만, 세상에 내 이야기를 하고 싶었다.

책을 쓰는 지금 나 역시 누군가에게 도움이 되는 사람이 되려고 한다. 많은 세상 사람들 중에 나의 도움이 필요한 그 누군가는 반드시 있을 것이라 믿는다. 단 한 사람이어도 괜찮다. 더 나은 세상을 위해서 책을 쓰기로 했다. 당신도 독서만으로 그치지 말고 사람들에게 메시지를 줄 수 있길 바란다. 그러려면 책을 써야 한다. 나를 브랜딩하고 세상에 선한 영향력을 끼치기 위해서 말이다.

자기계발의 끝은 책을 쓰는 것이라고 생각한다. 책을 쓰게 되면 그 자체로 공부가 된다. 쓰는 책의 전문가가 되어 가는 것이다. 한 권의 책을 쓰기 위해서는 많은 자료와 경험을 엮어내야 하기 때문이다. 책으로 자신을 알리고 브랜딩을 하자. 자신이 꿈꾸는 것들을 빠르게 만나게 될 것이다.

독서는 최고의 꿈 안내자이다. 그리고 누구나 바로 시작할 수 있다. 당신은 삶의 주인공이다. 그냥 살다 가지 말자. 자신의 삶을 책임지는 사람이 되자. 우리 모두는 이 세상을 행복하게 살아갈 권리가 있다. 힘겨운 삶에 찌들지 말고 꿈꾸는 삶을 살자. 지금 당장 책을 읽자. 그 책은 새로운 세상을 당신에게 알려주는 길잡이가 될 것이다. *